文春文庫

わたしのグランパ

筒井康隆

目次

わたしのグランパ

1

珠子《たまこ》が「囹圄」という文字を見たのは八歳の時で、その時はまだ祖母が家にいた。

「父は囹圄の人であり」という文章は父の日記の中にあった。つまり珠子は父の日記を盗み読みしたのだが、その時その自覚はなく、両親の寝室の隅にある父の机に置かれていた革表紙の本を何気なく開いてはじめて日記と知ったのだった。

父が「父は」と書いているのだから、それは祖父のことに違いなく、難しいことばかりが書かれていて判読不明の文章の中からその部分だけ眼にとまったのは、珠子が祖父の不在を気にかけ続けていたからだったろう。

囹圄とは何かを知りたかったが、どう読むかも知らずに辞書を引く術《すべ》を珠子はまだ知らず、辞書を引くことすら思いつかなかった。ひとの日記をこっそり読んだ行為がまさか褒《ほ》められる筈《はず》はないので父には訊《き》けず、その文字をノートに書き移し、翌日珠子は新橋先生に見せた。

「先生。これ、どう読むの」

「難しい字を書いてきたわね」担任の新橋先生は自分が試されているように思いでもしたのか、すらすら答えてくれた。「レイゴ、本当はレイギョと読むんだけど、普通はレイゴよ」そう言ってしまってから、彼女はまるでその語の意味にようやく思い当ったようなうしろめたい表情をした。

「どういうこと」

質問する珠子に、先生はひどい近眼の眼鏡の奥から猜疑《さいぎ》の眼を向けて訊《たず》ね返した。「こんな字、どこに書いてあったの」

「教えない」

初老の新橋先生はいつもの意地悪な顔になってにやりとした。「じゃ、先生も教えてあげない」

「けち」

その字をどこで見たのかと、それ以上突っ込まれては困るので、珠子はそう言い捨てて教室から走り出た。国語の授業が終って、級友は全員運動場へ出ていた。国語の成績のいい珠子は新橋先生のお気に入りだったので、乱暴な言葉づかいや多少の甘えも許されていたのだ。

今は読み方を知った「囹圄」の意味が、珠子は知りたかった。性格とか生まれ育ちなどによる人間の種類を表現したものなのか、職業なのか、場所なのか、文脈からはどうにでも考えられた。

珠子の父の五代恵一《ごだいけいいち》は一流と言われる国立大学を出たあと、中堅の電気工業株式会社でまだ若いのに課長を務めていた。四人いる営業課長のひとりで帰宅は常に遅く、土日以外珠子は父と夕食を共にしたことがない。平日は朝も顔を合わすことがなかった。珠子の小学校は走って二分の場所にあり、都心部の会社まで五十五分かかる恵一より遅く起きていいのだった。

「囹圄」などという難しい語を、祖母はおそらく知るまいと思ったし、あまり仲のよくない母の千恵子《ちえこ》よりは、父に直接訊ねようと珠子は思った。日記を読んでから一週間以上経ち、うしろめたさも薄らぎつつあったのをさいわい、彼女は日曜日の夕食後、家族四人がくつろいでコーヒーを飲む習慣となっているその時間に、「お父さん」と、父に呼びかけた。小学校にあがった時から珠子は「パパ」という呼称を禁じられていた。

恵一は夕食時にウイスキーの水割りを四杯飲んで少し酔っていたが、囹圄の人とはどういう人のことかと娘から問われ、たちどころに自分の日記が読まれたことを知り、急に酔いが醒めた。娘に読まれる予感がなんとなくあって、さほどの自覚もなく「囹圄」という難しい語を使ったのかも知れなかった。

「おれの日記を読んだな」黒縁眼鏡をかけた呑気そうな顔のままで、恵一は娘を睨《にら》みつけた。

珠子は父が怒っているのではないことを知っていた。父はたいていのことを許してくれたからだ。怒ったふりをして時間稼ぎをしているのだ。だとすると、やはり囹圄とはよくない意味を持つことばに違いない。

「お父さんだって、わたしの日記を読んだじゃない」

「あのなあ」父は笑った。「それは違うだろう。お前の絵日記は学校の宿題だろうが。これでいいかって、お前の方から見せに来たんじゃないか」

「囹圄の人って言うのはね、気むずかしくて扱いにくい人のことよ」母が無表情のままぶっきらぼうに言った。それでも美しい神経質そうな顔が少し引き攣《つ》ったようだ。

父が、ほっとしたような顔をした。

「本当」と、珠子は父に確認した。

「本当だ」と、父は言った。

嘘だ、と、珠子は思った。

「あの人のことだね」祖母の操《みさお》がやりきれぬという様子を見せた。「やめて頂戴《ちょうだい》。そんな話なら、わたしは寝るわ」

祖母が立ちあがり、父と母も立って、その話題はそれきりになった。

祖父の謙三《けんぞう》は珠子が物心ついた時から家にいなかった。家族や親戚は祖父の行先を珠子に隠しているように思われた。

「今は南米にいる」

「ええと、東南アジアのどこかだったかな」

「たしか、香港だって聞いたわよ」

誰それに聞くたび、その答はまちまちだったし、いい加減なものだった。しかし珠子はもうとっくに本当のことを知ってもいい年齢になっていたのだ。周囲の大人たちもそれを知っていながら、真実を知った珠子の驚きを見るのがつらさに先送り、先送りしていたのだろう。

五年生になった時珠子は、ふと思いついて「囹圄」を国語辞典で引いてみた。それまでは、中学生の使うような辞典に、そんな難しいことばが載っている筈はないと思っていたのだ。だがそこには、さまざまに想像していた中でもいちばん悪い意味を持つことばとして、ちゃんと載っていた。

れいご　囹圄　ろうや。獄舎。▽正しくは『れいぎょ』

「刑務所にいるのかあ」

道理で、祖父から一度も手紙が来なかった筈だ。家族とは手紙のやりとりをしている筈だから、刑務所から来た手紙が自分の眼に触れないよう、親戚の誰かの家気付で送られてきていたのだろう。推測していたことでもあり、珠子はさほど衝撃を受けなかった。それよりも、囹圄の意味を知った今となってたちまち気がかりになったのは、いったい祖父がどんな悪事を働いたのかではなく、祖父がいつ帰ってくるのかということだった。間もなく出所して家に戻ってくることは間違いなかった。

親戚の集まりや、名古屋から父の弟の鱒二《ますじ》叔父が来た時などには祖父のことがしばしば話題となり、隣室などで聞き耳を立てている珠子にも「あと四、五年だろ」「いや、三年くらいで帰ってくるんじゃないの」という囁《ささや》きが伝わってきた。そんな時いつも祖母だけは、身をふるわせているかのような大声で「あいやだいやだ」と嘆くのだ。

祖母の操がなぜ夫を嫌うのか、あるいは怖がるのか、それは以前の母のことばなどから容易に想像できた。きっと気むずかしく、扱いにくい老人なのであろう。アルバムの写真で見る謙三はまだ若わかしく、どちらかと言えば甘ったるい整った顔をしていて、とても気むずかしそうには見えないのだが、珠子に対してはどうなのだろう。初めて逢う孫娘を祖父は嫌うだろうか、可愛がってくれるのだろうか。大人から生意気だと言われることの多い珠子に、祖父から好かれる自信はあまりなかった。

2

珠子は、十三歳になり公立中学の一年生になるまで、自分が祖父の所在を知っていることは家族の誰にも黙っていた。十年以上もの刑期を務めたのである以上は、祖父のしたことが相当の悪事であったことにまず間違いはなく、そんな祖父がいずれは家に戻ってくることを、誰もが気にしていることも確かだったし、自分が真相を知っていることなど教えて、家族にそれ以上の気遣いをさせたくはなかったのだ。

さらに珠子には、祖父のことばかり気にしてなどいられない多くの問題が起っていた。ひとつは中学校へ入るなり珠子に降りかかってきたいじめだった。小学校でも一緒だった木崎ともみが、数人の同級生と作ったグループのリーダー格となり、珠子に何の思い当たる理由もないまま、彼女へのひどいいじめを始めたのだ。

悩みといえば、その公立中学における男子生徒の校内暴力もずいぶんひどく、それはしばしば授業ができなくなるほどの騒ぎにもなったりして、珠子に登校意欲を失わせるのはむしろ彼ら男子生徒たちだった。彼らによる学園の荒廃が、木崎ともみたちの行為の背景にあることも確かであったろう。

もうひとつの珠子の悩みは父母の不仲だった。母の千恵子は数年前から無気力になり、無感動になり、突発的な激怒の発作を起しては夫や娘に八つ当りしていたのだが、それがますますひどくなってきた。その原因というのが、それがまた珠子のもうひとつの悩みとも言うべき、一年ほど前から始まり、次第に度を越すようになってきた地上げ屋と称する暴力団の厭《いや》がらせにあり、それに対して何の対処もできない頼りない夫への苛立ちによるものでもあることは、珠子の眼からも判然としていた。寝室での父母の言い争いは同じ二階の珠子の部屋にも毎夜のように届き、祖母もどうしてよいかわからぬ様子だった。「わたしはあんな暴力団の厭がらせなんか、何とも思わないんだけどね」ある日祖母が、珍しく珠子に声をひそめて話しかけてきた。「あの人が帰ってきて、あの連中とまた大喧嘩《おおげんか》始めるんじゃないかと思うと、想像しただけで全身にふるえがくるよ」

珠子は「おばあちゃん」と呼ばれることを嫌う祖母にいつも「グランマ」と呼びかけていた。「グランド・マザー」の略称のつもりだった。

数日後、珠子は祖母に訊ねた。「ねえグランマ。おじいちゃんって、喧嘩、強いの」

祖母は眼を剝《む》いた。「やめとくれ。やめとくれ。わたしに何を言わせようってんだい。わたしは知らないからね。わたしゃもう、何も知らないんだからね」

そしてそんな情況下、二学期が始まった秋のある日、祖父の謙三が刑期を終え、出所して自分の家に戻ってくるという知らせがあった。世帯主はまだ謙三だったのである。

珠子が学校から戻ったのは、美術部のデッサン実習が終ってからだったのでもう五時を過ぎていた。土間と玄関の間に荷造り途中の荷物や茶簞笥《ちゃだんす》や小型テレビや机などが雑然と置かれていた。いずれも祖母の部屋にあったものだ。「何、これ」

「おばあちゃんがさ、鱒二叔父さんのところへ行くの」祖母の部屋から本を運んできてダンボール箱に詰めながら、母が投げやりにそう言った。

「えー。グランマ引越すの。なんで」

「おじいちゃんが明日、帰ってくるの。今日連絡があったの」

「グランマ、おじいちゃんから逃げ出して名古屋へ行くの」

「嫌いだからね」

「そんなに」

台所へ行くと祖母は何やら呟《つぶや》きながら自分の食器類を選《よ》り分けていた。「グランマ行っちゃうの」

「ああ。珠ちゃん。あんたとお別れするの、ほんとにつらいけどね、だけど、あの人が帰ってくるって言うからさ。今まで逃げる気はなかったんだけどね、でも、いよいよ帰ってくるとなると、も、とてもたまらないよ」

「なんでよ。なんでそんなにおじいちゃんがいやなの。夫婦なんでしょ。一緒に住めないの」

「あの人とは一緒にいられないよ。珠ちゃんにもいずれ、わかるよ」

「だって、おかしいよ。そんならなんで、今でも夫婦なのよ」

「やめなさい。珠子」母がやってきて、言った。「夫婦のことが、あんたなんかにわかりますか。お義母《かあ》さんはもう、名古屋へ行くって決められたんだから」

「グランマいなくなると、寂しいなあ」

祖母ははじめて泪《なみだ》を浮かべ、珠子をじっと見た。「珠ちゃん。元気でね」それからそそくさと茶碗類を新聞紙に包みはじめた。「あんたたちね、あの人の扱いで何かわからないことや、困ったことがあったら、いつでも電話を頂戴。わたしゃあの人のこと、何でも知ってるんだからね。そりゃあもう、いやって言うほど、も、思い知ってるんだからね」

「変なの」

自分の夫のことを「あの人」としか言わない祖母が、珠子には不思議だった。そ「引越しのセカイ」というトラックがやってきて祖母の荷物を運び去った。その荷物を受取るため明日は午前中に発《た》つという祖母との最後の夕食のさなか、祖母の突然の引越しに驚いた父が、さすがにいつもより早く帰ってきた。

「なんてこった。顔も見たくないの」

あきれた声で言う父に祖母は言った。「あれであの人、変な魅力があるからね。会うとヤバいよ」

「悪の魅力ですか」

「馬鹿」

「ねえ」珠子がたまりかねて質問した。「おじいちゃん、いったいどんな悪いことして刑務所へ入ったのよ」

「知ってたのか」

大人三人が顔を見合わせた。

「『囹圄』を辞書で引いたな」

「あたり」

「言っとくが、おじいちゃんが帰ってきても絶対にそのことは聞くな」

「うん。わかった」

「おじいちゃんはな」話しはじめたものの、父は説明に困った様子で、妻を見、母親を見た。

「十五年も刑務所にいたんだから、当然、人を殺しているくらいのことは珠ちゃんにもわかるだろ」

「お義母さん」祖母のあけすけな言い方に、母がちょっとあわてた。

祖母はゆっくりと嫁に言った。「もうそろそろ本当のことは知っといた方がいいよ、珠ちゃんも」

「そりゃ、そうですけど」

「予想はしてた」そうは言ったものの、実は珠子は殺人とまでは思っていなかったので、衝撃を隠すのが困難だった。

「相手の方も悪い、ということで十五年だ」父が言った。「裁判じゃ、正当防衛かどうかで議論があった。だけど、親父には前科があって」

「その前もあったの」珠子は大声をあげた。

「うー。だんだんバレてくるなあ」父は苦笑した。「その前というのはただの傷害だ。千恵子。水割りにするから氷をくれ。その時は執行猶予《しっこうゆうよ》になっている。執行猶予は知ってるな」

「知ってる」

「あの人は気まぐれでねえ」祖母が吐息をついて詠嘆するように話しはじめた。

「いろんな仕事をしたの。小さな会社作って、社長やってたこともあるわ。仕事によってはやくざと喧嘩になることがあって」

「だから、その辺のごたごたのいきさつは、わたしたちにもわからないのよね」母はそれ以上の話を珠子に聞かせまいとするかのように言った。「そうでしょ」

「まあ、そうだ」父が肩の力を抜いたようだった。「おい。スコッチ、もうこれでしまいか」

「ええ。ビールにしますか」

「ビールにしよう。酒、買っとけよ。明日の晩は親父が飲む筈だから」

「わたしがまだこの家にいるとなったら、あんたたち大変だよ。わたしたち夫婦の面倒を見なきゃなんない」祖母が引越す言い訳のように言った。「恵一ひとりに扶養家族が四人だもん。恵一がしんどいよ」

「お義母さんったら」ビールをとって戻ってきた母があわてて言う。そんなことを自分たちが言ったように鱒二叔父の家で言われては大変とでも思ったのだろうか。「そんな問題じゃないでしょ。そんなことで老夫婦が別れわかれの生活してるって話は聞いたことあるし、映画にもありましたけどね。うちはそんなのじゃないんですから」

「いいえ。大変ですよやっぱり」祖母は頓着せず言いつのった。「それにこの家、二所帯住宅じゃないんだもん。二夫婦が住んだら喧嘩になっちゃうよ」

「じゃ、おじいちゃんは、悪い人じゃないんだ」話題を変えるために珠子は言った。「相手はやくざだったんだもん。おじいちゃんは戦ったんだ」

「どっちがやくざだか」祖母が顔をしかめて天井を仰いだ。

「でも、正義漢だよ」と、父が言う。

「正義感も、持ちようでさ」祖母は茶碗の底を見つめたまま、黙ってしまった。

複雑なんだ、と、珠子は思った。

今、珠子の家族が集って食事し、話しているリビング・ルームは、夜になれば庭園灯が灯《と》もって十坪ほどの庭を見渡せるヴェランダでもあり、祖母の部屋はそのリビング・ルームとは障子一枚を隔てた六畳の仏間だった。その部屋が祖父の部屋になるのだろう、と、珠子は思った。その部屋にいれば、寝ながらにしてリビング・ルームでの会話をすべて聴けるし、家の中の家族たちの気配を察知《さっち》することもできるのだった。

3

翌朝、早起きした祖母は、これが最後だからと言いながら珠子の弁当を作ってくれた。珠子はすぐ登校したので祖母の出発を見送れなかった。だが、祖母のせっかくの弁当は、昼食時に蓋《ふた》をとると表面に兎の糞が散りばめられてあり、食べることができなかった。校庭で飼っている兎の小屋から拾ってきたのであろう。木崎ともみたちの仕業に違いなかった。いつの間に弁当箱を開けられたのか。これでは毒が混入されていた場合など、知らずに食べてしまっているではないか。珠子がともみたちの席を見ると、彼女たち四人のグループはともみの机で顔を寄せあい、珠子を見て笑っている。

「何だよう。何か文句あるの」ともみが珠子を睨《にら》み返した。

珠子がいじめられる原因は、もともといじめられっ子だった篠原町子を庇《かば》ったためだ。「臭い」「バイキン」「早く死ね」などと、それまでともみたちから言葉によるリンチに遭《あ》っていた町子から頼まれて、珠子は彼女と帰途を共にするようになった。家が近かったからだが、ともみのグループはそれを自分たちへの当てつけと判断した。そういえば町子の弁当箱に犬の糞が入っていたこともあり、泣き出した町子の弁当箱を覗《のぞ》き込んだ珠子は思わず「まあひどい」と叫んでともみたちを睨みつけたのだったが、兎の糞はその時の報復に違いなかった。

すっかり落ち込んで、その日は美術部のデッサンにも行かず、珠子は篠原町子と一緒に下校した。中学校は小学校よりずっと遠距離になり、行き帰りは駅前の商店街を抜けなければならない。コンビニエンス・ストアの前のタイル敷きの車寄せには、いつものように木崎ともみが数人の男子生徒と一緒に、壁際でべったり尻をおろして屯《たむろ》していた。向日性の植物の如く彼らはやってくる珠子と町子をいっせいに見た。

「いい恰好して、バイキンを庇ってるのよ」と、花園克美が笑った。

「誰か、珠子のスカート、まくってやりな」と、ともみが男子学生たちを焚《た》きつけた。

「うわあ。ともみから許可が出た」おどけて躍りあがり、同級の坂下文治が珠子に近づいてきた。女性に対して気の弱い彼は、自分の性向に逆らうように、しきりに「ともみの許可」によるものであることを主張しながらも珠子のスカートをまくろうとした。

「やめてったら」珠子はけんめいに坂下文治の手をつかんだ。「やめてっ」

揉みあっている男女の中学生を、通行の大人たちは見て見ぬ振りをするか、遠くから面白そうに眺めているだけだ。いやだあ、やめてあげてえ、などとか細い声を出し、町子はただうろうろするだけである。

「珠子じゃねえかい」

コンビニの向かいの郵便局から出てきたらしい老人がそう声をかけ、近づいてきた。和服の着流しに五分刈りのごま塩頭で、懐手《ふところで》をしていた。やさしい眼をしていて、ひと目で珠子には祖父とわかった。

「おじいちゃん」なぜか立ちすくんでしまって、珠子は祖父を見つめた。

「へえ。おじいちゃん。おじいちゃん」坂下文治がおどけた身ぶりをしながら、またコンビニの壁際に戻る。

祖父と同級生グループがいざこざを起すとまずいことになると判断し、珠子は町子を促して足早に歩き出した。祖父の五代謙三はふたりのあとを追ってきた。

「やあやあ。やっぱり珠子だったか。写真で見た通りだなあ」

家の近く、町子と別れる辻まで来て、それまで振り切るように歩いてきたため、何か言わねば悪いと思い、祖父を振り返って珠子は言った。「おじいちゃん。郵便局へ行ってたの」

謙三は眼をしばたたいた。「いいや。お前さんの学校の生徒らしいのが三三五五帰って来るから、これはお前さんに逢えるかも知れんと思うて、あのポストに凭《もた》れて立っておったのよ」

では祖父は、一部始終を見ていたのだ、珠子はそう思い、祖父の容喙《ようかい》を恐れて身を固くした。

案の定、謙三は訊ねてきた。「お前さん、いじめられとるのかね」

珠子は思わず叫んでしまった。「抛《ほ》っといてよ。学校のことが、ムショ帰りなんかにわかりっこないんだからね。余計な心配しないでよ。絶対、何もしないでよ」

謙三は一瞬驚いたようだったが、すぐ、いかにも嬉しそうな笑いを見せ、珠子に顔を近づけた。「いやあ珠子。お前さん怒ると凄く怖い顔になるなあ。そんな怖い顔ができるんじゃ、いじめにも遭わねえだろう」

あはははは、と愉快そうに笑いながら、謙三は家への角を曲っていった。

突然の珠子の激昂《げきこう》に吃驚《びっくり》していた町子が、おずおずと訊ねた。「ねえ。あんたのおじいちゃん、刑務所へ行ってたの」

珠子はしまった、と思い、町子を睨みつけた。「誰にも言わないで」

町子は気弱そうに頷《うなず》いて顔を伏せた。「言わない」

わたしはそんなに怖い顔をする時があるのだろうか、自分の部屋に戻ってから珠子は鏡に向ってさっきの顔をしてみた。

確かに怖い顔だった。「怖あい」

だが、ともみたちのいじめに遭っている時には、とてもそんな怖い顔をする余裕などない。次はどんないじめに遭うのだろうかと思ってただ怯《おび》えるだけなのだ。

父の恵一は祖父謙三の出所祝いをすべく、その日は早く帰ってきた。夕食はいつものリビング・ルームで始まったが、祖母の操の不在を皆が気にしているためか、人数だけは四人と変らぬ家族の会話は弾まなかった。父がいつものウイスキーの水割りなので、祖父も手酌で酒を飲むしかない。

「そうそう」祖父が懐中からずっしりと重そうな封筒を出した。「所内で働いた報酬だ。これから世話になるので、千恵子さんに使って貰う」

何十万円、もしかすると百万円を越すかもしれない現金の封筒を手渡されて、さすがに母は嬉しそうだった。早速使ってしまうに決っていた。母はいつも金欠病なのだ。自分で持っていればいいのに、と珠子は祖父のためにそう思った。だが、珠子は祖父とほとんど話さなかった。こういう時どういうことを話題にすべきか知らなかったし、それは皆同じの筈だった。

「父さんは所内で、どんな作業してたの」

息子に問われ、謙三は渋い顔をした。「聞いて欲しくねえなあ。お前さんたち、笑うだろう」

「あら笑いませんわ」母が真顔で言った。

「笑うなよ。刺繍《ししゅう》だ」

珠子は笑ってしまい、祖父に睨まれた。

「ほら笑いやがった。わしゃ、いい素質持っとったんだぞ。だからそれだけ稼いだ」

「父さん、器用だもんな」

祖父は父に近所の誰それの消息を訊ねはじめた。近所といっても曾祖父の建てたこの家に謙三は子供の時から住んでいて、知り合いは駅周辺の繁華街にまで及んでいる。都内の会社勤めの恵一は近隣の情報に疎《うと》く、商店街の誰それの近況などは母が教えた。珠子は早めに自分の部屋へ引きあげたが、大人たちはずいぶん遅くまで話し込んでいた様子である。

4

　次の日登校して驚いたことには、同級生のほとんどが刑務所帰りの祖父のことを知っていたのだった。木崎ともみなどは授業のあい間あい間に大声で珠子をはやし立てた。

「あいつの爺さん、昨日刑務所から帰ってきたばかりだってよう。前科もんの孫娘だからみんな、気をつけな。人殺しの爺さんがついてるから、ヤバいぜ」

　休み時間に篠原町子を問いつめると、彼女は泣きそうになって「絶対に言ってない」とくり返した。「だってわたし、家族にも言わなかったんだし、あんたのお爺さんが人を殺したことなんか知らなかったのよ。わたしが言い触らすわけ、ないでしょ」

たしかにその通りだった。あの時コンビニ前にいた同級生の誰かが、昔のことを知っている大人から聞いたに違いなく、それは恐らく彼らの親であったのだろう。その日は一日中同級生の誰かれからの言葉に苛《さいな》まれ続け、校内暴力の常連ともいうべき男子学生の中には、わざわざ珠子の席へ真偽《しんぎ》を確かめに来る者もいて、さらに彼らは殺人という極限の暴力に対する興味から事件の詳細を聞きたがったりもしたのだった。こんなこと、とても祖父には言えない、絶対に言ってはいけないと珠子は心に決めた。

祖父は毎日、あちこちへ出歩いているようだった。母によれば、知りあいの店を覗いては昔話をしたり、まだ会わぬ誰彼のその後を訊ねたり、いなくなった知りあいの消息やうわさ話をするなど、まるで失われた時間の記憶を取り戻そうとするかのように町内の情報を蒐集《しゅうしゅう》しているらしい。珠子自身も、下校途中の商店街で履物屋の店先に腰を据え、昔馴染らしい同年輩の主人と話し込んでいる祖父を見かけたことがある。

「買い物に行くと、お義父《とう》さんお帰りですねって、皆から言われるわ」と、母はさほどいやそうな様子ではなく、珠子に言った。「でもお義父さん、ほとんどの人からは嫌われてないみたいね。ゴダケンさん、ゴダケンさんって、どっちかっていうと、好かれてるみたい」逮捕される前の祖父のことをよく知らない母は、幾分不思議そうだった。

「へええ。渾名《あだな》があるんだ」そう言えば祖父がまだ不在の時、町の人が「ゴダケン」という言葉で祖父の噂《うわさ》をしていたことも何度かあったようだ。

珠子は日曜日の午後家にいて、はじめて祖父と会話らしい会話をした。いつもの着流し姿でヴェランダに座り、煙草を喫《す》いながらぼんやり日向ぼっこをしている祖父に、彼の背後のテーブルでコーヒーを飲みながら、珠子は思い切って話しかけた。

「退屈《たいくつ》そうですね」

「退屈なんか、しちゃいねえよ」

「この間は、ご免なさい」

「ムショ帰りと言ったことか。友達にわかっちまったんじゃねえのか」

「ええ」

自分のため、孫娘がいやな目に遭うことを心配しているようだった。

「お前さんは、婆さんとは仲がよかったのかね」

「あら。婆さんなんて言わないで。まだまだ綺麗《きれい》だし、知らない人は五十代と思ってるくらいよ」

「だって、お前さんのおばあちゃんだろ」

「わたしはグランマって呼んでたわ」

「あいつはそんなに肉体美じゃねえよ」

「グラマーじゃなくて、グランマ。グランド・マザーのことよ」

「じゃあ、わしはグランファか」

「グランド・パパだからグランパじゃない。ねえ、これからグランパって呼んでもいい」

「いいよ」彼は珠子を振り返ってじろりと見た。「結構だね。グランパかい」

嬉しそうだった。

毎日どこかへ出かけていた祖父は、そのうち着流しのままで夜、駅周辺の居酒屋やバーを飲み歩くようになった。人の集まる酒場はたしかに情報蒐集《しゅうしゅう》に最適だろうし、客はみな酔っぱらって口が軽くなっている。夕食時、祖父はたいてい家にいず、午前零時を過ぎ、こっそり帰ってくることもあった。夕食はいらないと言って家を出るし、本人が酔っぱらって帰ってくるわけでもないので家族に迷惑はかからないにせよ、母は義父が、遊ぶ金をそんなに持っていることが不思議でならぬ様子だった。

「全部母さんに渡さなかったんじゃない」と、珠子は言ってみた。「少しくらい、自分のお小遣い、とっといたのよ」

「何かして、稼いでいるのかもな」と、父はそう推測した。「昔から、何をしているのかさっぱりわからない親父だったよ」

その日の下校途中、商店街のカメラ店に祖父がいたので、珠子は店に入って行き、声をかけた。「グランパ。カメラ買うの」

昔、同級生だったと言う阿古田カメラ店の主人と値段の交渉をしていた謙三は、珠子を見てから主人に向き直った。「ほら知っとるだろ。これがわしの孫娘だよ」

「うんうん。この子なら知ってるよ。あんたの孫にしちゃ、えらい美人じゃないの」

「そうだろ。自慢の孫でな」謙三は包ませたカメラの入っている買物袋を持ち、主人に言った。「じゃ、明日な。一括払いのかわりに二割引。いいな」

「かなわねえなあ」主人が苦笑する。

「すごい高級カメラ買ったじゃない」祖父と並んで商店街を帰りながら珠子は言った。

「そりゃ、夜間撮影にゃやっぱり、これくらいのカメラでなくちゃ」

「何を撮るつもり」

「そのうち、撮ったもの見せてやるよ」

「ねえグランパ。お金全部、母さんに渡したんじゃなかったの」

謙三はしばらく黙った。いろんなこと聞き過ぎたかなと珠子が思っていると、謙三は言った。「まあ、それもそのうち、教えてやるよ」

教えるとは、何を教えるのか。珠子は溜息をついた。「グランパのすること、よくわかんなあい」

「ほうら。来たぞ来たぞ。ムショ帰りが」

いつものコンビニ前の車寄せに、今日は校内暴力の常習犯とも言える男子生徒の一団が屯していて、そのほとんどは上級生であり、彼らの腰巾着《こしぎんちゃく》ともいうべき、いちばん軽薄な坂下文治がふたりを見て躍りあがるように立ちあがり、衆を恃《たの》んで大声で囃《はや》し立てた。

「グランパ。あっちの道から帰らない」珠子は祖父が怒り出すのを恐れてそう言った。

「なあに。平気だよ」謙三は笑ってそう言いながら、どんどん彼らに近づいていく。

「グランパ。喧嘩しないでね」珠子は泣きそうな声で言った。「あいつらバカなんだからね。子供なんだから」

「わかっとる。わかっとる」

「よう。前科者。カッコいいな」

「なんだ。爺いじゃねえの」

「人殺しがカッコつけるな。馬鹿」

前科のある大人を刺激することで勇気を証明しようとしているらしい学生た

ちの前まで来て、謙三は立ち止まり、笑いながら彼らに言った。「お前さんたち、わしと喧嘩でもしたいのかい」

　彼らは黙り込んだ。

　謙三はひとりの生徒に話しかけた。「お前さんは看板屋の徳永の息子だろ。お父っつあんに、一度電話するように言っといてくれ。ゴダケンが戻ってるからってな」

　校内暴力の主導者格たる徳永宏が、憮然《ぶぜん》として小さく頷いた。全員が黙り込んでしまったが、それは意外なほどおだやかな話し方をする謙三に、得体の知れぬ凄みを感じたからかもしれなかったし、もしかすると自分の家のことも知っているのではないかと恐れたからでもあったろう。しかしふたりが通り過ぎると、萎縮《いしゅく》した自分に腹を立てたらしい徳永宏が子分たちの手前もあり、立ち上がって大声で罵《のの》りはじめ、それに同調して全員が中腰になり、犬のように咆《ほう》吼《こう》しはじめた。

「親父に何の話があるってんだよ。偉そうにするな」

「いい気になるな。人殺し」

「たかが前科一犯じゃねえか」

「威張るな。馬鹿」

彼らの方を振り返ろうとする祖父の手をけんめいに引っ張って、珠子はようやく家への道に入った。

「やめてよね。ほんとに」泣き声で珠子は言った。「グランパがあいつらに何かしたら、学校でいじめられるの、わたしなんだから」

「やっぱりいじめられてんじゃねえか」

「何もしないで」

「何もしないさ」

「グランパ、徳永君のこと、どうして知ってたの」

「散髪屋で順番を待っている時とか、そういう時に、前の道路を通る生徒を、あれは誰それの息子だとか、皆が教えてくれたりするもんでね」
帰ってきた時五分刈りだった謙三の頭は、今では恰好よく角刈りになってい
る。お洒落《しゃれ》なんだ、と、珠子は思う。
その謙三はその夜、珍しく背広を出して着込み、カメラをぶら下げて家を出
た。背広は十数年も昔のものだったがきちんと仕立てられ、保存されていて、
渋いネクタイをしめた謙三は、もちろん会社員には見えず、定年退職者にも見
えず、どちらかといえば多趣味の実業家、悠悠自適《ゆうゆうじてき》の師匠《ししょう》といった風情《ふぜい》と貫禄《かんろく》
だった。「親父こんな夜中に、どこへ写真撮りに行ったんだい」珠子と謙三の
仲がいいことを妻から聞いている父が、珠子に訊ねた。「もう九時だぜ」
「あたしだって知らないわ。夜間の撮影会でもあるんじゃないの」

5

それから四日後、珠子が下校してくると、自宅の前の道路にあの地上げを仕事にしている暴力団の若い男二人が立っていた。まだバブル崩壊以前でもあり、そもそもバブルなどという言葉は誰も使わなかったのだ。角地にある五代家を含めた数軒を買い取ってマンションを建築しようという業者から依頼され、それまでにも何度か家に来て嫌味《いやみ》を言ったり脅迫的な電話をかけてきたりした男たちで、彼らはもともと地もとの飲食店街や商店街で顔を売っている小さな組織の連中であり、珠子も彼らを見知っていた。

「やあ、お嬢ちゃん」ひとりが家に入ろうとする珠子の前に立ちふさがった。

「今帰りかね。チャイム押しても、お前の母ちゃん、出てきてくんねえんだよ。ちゃんと家にいるくせにさ」

「出たくないからでしょ」珠子は、その色黒の男を睨みつけた。「のいてよ」

「そうか。おれたちに会いたくないのか」もうひとりの濃いサングラスの男がそう言いながら、珠子のからだをうしろから抱きすくめた。「こうすれば出てくるだろう」

珠子の悲鳴に驚いた母が、あたふたと出てきて大声をあげた。「娘に何するんですか。放して下さい」

「ほらな。やっぱりいるんじゃねえか」珠子を放してサングラスの男が笑った。

「なあ奥さん。話ぐらい聞いてよ」

「グランパはいないの」珠子は家に駈け込みながら母に訊ねた。

「おじいちゃん、いないわ。いたら大変よ。いなくてよかった」

千恵子のことばを聞きとがめ、彼女が急いで閉める玄関の戸の向こうで色黒の男がつぶやいていた。「なんだい、その、おじいちゃんってのは」

若い彼らは町に来て日が浅いらしく、謙三のことを知らないようだった。

「おじいちゃんに、このこと、言っちゃ駄目よ」と、千恵子が怯《おび》えながら娘に言う。

「どうしてよ」

「おばあちゃんが言ってたでしょ。喧嘩になったら大変なんだから」

昔ならいざ知らず、今の祖父なら傷害沙汰《しょうがいざた》も起さずに事をうまくおさめてくれるのではないか、なんとなく、珠子にはそんな気がしたが黙っていた。今のところまだ、喧嘩している謙三を珠子は見ていない。しかし謙三が戻って以来の大人たちの会話の中には、当然地上げ屋のこともあった筈だから、どうせ戸主たる祖父が彼らへの対応策を考えていない筈はないのだ。

その夜、両親の寝室ではまた大声の口喧嘩が始まり、隣室の珠子は寝入り端《ばな》を起されてしまった。

「しかたないだろ。おれがいなかったんだから」

「だから、今度電話がかかってきたら、何とか話をつけてよ。しまいに珠子が強姦されちゃうわよ」

「まさか」

「だってあいつら、次は何やるかわからないわよ」

「どうしようもないじゃないか。それに、この家は親父のもんだ。親父に相談するしかないだろうが」

「駄目と言ってるでしょ。刃傷沙汰《にんじょうざた》になったらどうするのよ。裁判や何かで大変なお金の無駄が出るでしょうが」

「じゃ、どうするんだよ」

「何か考えてよ。頼り甲斐《がい》のない人ね」

言いあいは午前二時ごろまで続いた。

翌朝、登校しようとする珠子を、玄関前で謙三が呼び止めた。「珠子。ゆうべ、恵一と千恵子さん、喧嘩していなかったかい」

「下まで聞こえたの。ええ。遅くまでやってたわ」

「よく、やるのかい」

「よくやるわ」

実際、地上げ屋が来た時だけでなく、それをきっかけに母はさまざまな不満を噴出させて、二、三日は両親に仲の悪い、不機嫌な日が続くのだった。祖父もそれを目のあたりにして、彼らの不仲の原因に思い当たらず、戸惑っている様子だった。

6

月曜日の昼休み前、授業が終って、今日はいじめがないなと思いながら珠子が木崎ともみの席を見ると、彼女は暗い眼で珠子を見つめていた。これからやるのか、うんざりしながらそう思った時、ともみが目配せをした。廊下へ出るよう、促していた。

「いじめたこと、堪忍《かんにん》してくれるかなあ」あたりに誰もいない、ふたりだけの廊下で、木崎ともみは懇願《こんがん》するような眼を珠子に向け、詠嘆《えいたん》するように言った。

「あたしのしたこと考えたら、とても許してくれないだろうけどさ」

珠子は意外さで、しばらくことばが出なかった。

「あんたが謝るんだったら、忘れたげるよ」

やっとそう言うと、いったん安堵《あんど》の表情になったともみは突然、何かに怯え、珠子にすがりつくような素振りをして早口で喋りはじめた。「お願い。あの写真、誰にも見せないでね。頼むからさあ」

「えっ。写真って何」

「知らないのか」ともみは驚いて珠子の顔を眺めまわし、「おじいちゃんに聞きな」とだけ言うと教室に引き返した。

祖父が何をしたのか。写真とは何か。この間買ったカメラで何か撮ったらしいが、ともみが怯えるような、いったいどんな写真を撮ってともみに見せたのか。疑問ばかりでその日の午後の授業は心ここにない有様となり、授業が終るなり、祖父に詰問するため珠子は家に走って帰った。謙三は家にいた。

「グランパ、ともみに何をしたの」

いつものようにヴェランダの縁先に尻を据えて庭を眺めていた謙三が、振り返らぬままで言った。「ああ。ともみって、塗装屋やってた木崎の孫娘かい。あの子には別段、何もしねえよ」

「だって」珠子は昼食時前のともみとの会話を話した。「写真って何よ。ともみにどんな写真を見せたの」

「これだ」謙三は立ちあがり、もとは妻の部屋で今は自分の部屋として使っている六畳の仏間に入ると、一枚のカラー写真を手にして戻ってきた。「中学生には眼の毒だがな」

何度か顔を見かけて憶えている木崎ともみの母親の静香が写っていた。彼女は勤め先の駅前のバーで、カウンターの前に腰掛けていた。その両側には、郊外の農業地帯からやってきたと思える親爺がふたり、さらに、カウンターから振り返った姿勢の静香の背後にまわり込んだ商店街の店員と思える若い男がひとり、いずれも三方から静香を羽交《はが》い締めにしていて、若い男はもう相当酔っぱらっている静香に無理やりグラスの酒を飲ませ、右側の親爺は左手で静香の大きく開いたピンクのドレスの襟《えり》から手を突っ込んで彼女の乳房をまろび出させて握り、左側の親爺はドレスの裾《すそ》を捲《まく》って、あろうことか彼女のパンティに手を突っ込み、股間を揉《も》みしだいている。静香はといえば口もとに淫蕩《いんとう》な笑いを浮かべ、酔眼朦朧《すいがんもうろう》とした眼をうっとりと天井に向けているのだ。

「きゃっ」と、珠子は叫んだ。「何これ。ともみのママね」

「そうだよ」

「この写真、ともみに見せたの」

「ああ。この間、道でな」

「なんでこんな写真、撮ったの」

「あの娘に見せるためさ」

「ちゃんと説明して」

「魚屋の城島が、前の道を子分らしい生徒三人つれて歩いていくあの娘を指して、あの一番背の高いのが塗装屋やってた木崎の孫娘だと教えてくれた。お前があの娘にいじめられてることもな。おいおい。またそんな怖い顔をする。おっかねえからその顔は勘弁《かんべん》してくれよ」

城島鮮魚店の主人は同級生の城島千鳥の父親であり、千鳥もまた、ともみたちから「魚臭い」だの「鼻が曲がるから教室に入ってくるな」など、言葉のいじめにあっていたのだが、いじめられっ子特有の心理で自分がいじめられていることは言わず、珠子のことだけを親に話したのであったろう。

「塗装屋の木崎が死んで」と、謙三は話し続けた。「評判の美人だった娘の静香が亭主と離縁して、店が潰れて、今では静香が駅裏の『ゴルゴダ』っていかがわしいバーでホステスやって生活費稼いでるってことは、『三吉寿司』の秀夫とかいう若い板前が教えてくれた。凄い店だって言うんで、カメラを持って出かけた。案の定だ。その写真みたいなことを毎晩やっとるみたいだな」

「写真撮ってるとこ、見つからなかったの」

「ストロボのいらねえ高級カメラを買ったんだ。隠し撮りなんざあ簡単さ」

「その写真見せて、グランパともみに何て言ったの」

「何も言わねえさ。あの娘可哀相《かわいそう》に、見せるなり泣き出したよ。こっちが何も言わねえのに、もう絶対五代さんをいじめませんからって、あっちから言ってくれてな。わしゃ、か弱い娘を脅迫《きょうはく》せずにすんだ」

怖い人だ。珠子ははじめて祖父のことをそう思った。孫を気遣《きづか》ってしてくれたことだから、文句も言えなかった。謙三は考え込んでしまった珠子をじっと見ていたが、やがて溜息をついて言った。

「なあ珠子や。ひとつ約束してくれねえかなあ」

「何よ」

「お前さんとわしの間で、いっさい隠し事はなしということにしてくれねえか」

隠し事をすることで食い違いが生じ、互いに間違ったことをしてしまうなどの齟齬《そご》を心配しているのだろうと思い、珠子はうなずいた。「いいわ」

そう言ってしまってから、珠子はあわててつけ加えた。「でもそれは、相手が訊いたことだけに答えればいいってことでしょ」

そうしなければ祖父は、昔の事件のことまで話さなければならなくなる、そう思ったからだ。

「そうだよ」言ってから謙三は、つくづく孫娘の顔を見て言った。「お前さん、頭がいいなあ」

ともみたちの、珠子へのいじめはなくなったが、グループの花園克美、椛島《かばしま》舞、京谷カンナたちから突きあげられる形で、篠原町子や城島千鳥など他の生徒へのいじめはまだ続いていた。ともみは以前よりさらに暗い眼となって、自分は表立っていじめをせず、手下三人にやらせていた。それでも町子たちがいじめられている時に、珠子が離れた場所にいるともみを睨みつけると、彼女は盗み食いを見つかった猫のように首をすくめ、あらぬ方を眺めるのだった。

率先していじめ行為をしなくなったともみに、克美、舞、カンナたちは不満のようだった。三人はある時、放課後の教室にたまたまひとりでいた珠子をいい機会とばかりに取り囲み、いつもの嫌味を投げかけてきた。

「よう。前科者の爺いは元気かい」

「人殺しのやりかたなんか、教えて貰ってんの」

珠子が何か答えると、その言葉をきっかけに殴る蹴るの乱暴を働こうとしていることはわかっていた。小学校時代から知っているともみに対しては、なんとなく自分の子供の頃の恥を熟知されているように思えて頭があがらなかったのだが、この三人に対してはさほどの恐怖感はなかった。珠子はこんな連中にまで舐められてしまったことが腹立たしく、一瞬逆上した。

「手前《てめえ》ら、図にのるんじゃねえ」大声で怒鳴りつけた。いつの間にか、祖父から指摘されたあの「怖い顔」をしていたようだ。「お前ら百回殺すくらいのやりかた、知ってるんだからね。命いらねえのか手前ら」

ギャング映画ややくざ映画で憶えた科白《せりふ》がすらすら出てきて、珠子はのぼせた状態のまま、酔ったようになって怒鳴り続けた。

「やめて。やめて。怖い」もともと青黒い顔色をしたカンナが、もっと顔色を悪くして顫《ふる》え出した。

「ご免。もう言いません。もう言いませんから」泣きながら、克美が叫んでいた。

舞は痴呆《ちほう》のような状態となり、足もとから小便の湯気を立てている。

「ともみがおとなしくなってるだろ」やや正気に戻り、祖父の血を引いているらしい自分にいささかぞっとしながら、珠子は言った。「あんたたちも、町子や千鳥いじめるの、やめな」

克美、舞、カンナの三人はそれ以後ともみを見限って、何やかやと珠子を取り巻くようになり、それはその学年の間、二年生になって珠子に荒川紀子《のりこ》という可愛い新入生の友人ができるまで続いたのだった。

7

冬になり、中学一年の二学期がそろそろ終ろうとしている頃、突然授業中に大騒ぎがもちあがった。最初は三年のクラスで騒ぎが起り、窓ガラスが次つぎと叩き割られる音が珠子のクラスにまで聞こえてきた。あの徳永宏を含めた校内暴力を振るう学生たちが授業中に騒ぎはじめ、教師が彼らを収めようとして迂闊《うかつ》にも内申書のことを口にしたため、激昂《げきこう》した学生たちがガラスを割り、教師に暴力を振るいはじめたのだ。この騒ぎに呼応してあちこちの教室で男子生徒が暴れ出し、珠子のクラスでも坂下文治たちが窓ガラスを割りはじめたのだった。

この様子を、たまたま学校の前まで散歩に来ていた五代謙三が目撃した。彼は驚き、放課後、心配して珠子を迎えに来た。

「お前さんの学校、えれえことになっとるなあ」帰途、並んで歩きながら謙三は孫娘に言った。

「やっと窓ガラスが全部入ったのに」珠子は嘆き節となる。「明日からまた吹きさらしの中の、寒い寒い授業になるわ」

「あんなこと、頻繁《ひんぱん》にあるのかね」

「たびたびあるわ」

「困ったもんだ」

コンビニの前まで来ると、暴力学生のひとりで徳永宏とは同級の三年生、立川裕次郎がマンガ週刊誌を買って店から出てきた。彼は謙三と珠子を見て薄笑いを浮かべた。

「あの生徒も、たしか不良グループのひとりだったな」謙三が言った。

「そうよ。立川君って言って、徳永君の次に悪い子よ」

そのまま歩いていくと立川の目の前を通ることになる。珠子は少し不安だったが、彼から何を言われても祖父は以前のように受け流すだろうと思っていたので、ほとんど無警戒だった。

「ふん。ムショ帰りの爺いが、でかい顔するんじゃねえや」

珠子同様、謙三に対して多寡をくっていたらしい立川が、不用意にそう呟いた。その途端、謙三のからだがすっと横に飛び、あっという間に立川のからだをかかえこんで、コンビニの壁際へ押さえ込んでしまった。立川は上半身がタイル敷きの上で仰向き、下半身を壁にくっつけて倒立する態となった。謙三は彼の上半身に全身でのしかかり、左手で彼の利き腕をねじりあげ、右手の肘《ひじ》を彼の耳のうしろに押しつけていた。

「いてててててててててて」立川があまりの痛みに堪えかねて、だらしなく悲鳴をあげた。

「ムショ帰りに面と向って捨て科白吐くなんざあいい度胸だが、その場合は殺されることぐらい覚悟しとかなきゃいけねえ」肘に力を入れた。

「やめ、て、くれ」立川が苦しげに呻《うめ》く。

「校内暴力の連中に言っておけ。もう暴れるなってな。わかったかい」

　立川は無言で呻き続けた。

「この肘にほんのちょいと力を入れると、お前さんの脳には血が行かなくなって、お前さんはアッパパッパの痴呆になる。それでもいいか」ぐっ、と肘を押しつけた。

「あ。あ。あ」立川は眼を剝いた。「死、死ぬ。あっ、あっ、頭がぼうっとしてきた。頭がぼうっとしてきた」

「そうだろうそうだろう。ああよしよし」と謙三は言った。「お前さんは、このまま死ぬんだ」また、力を入れた。

立川は白目を剝いた。一瞬、彼は意識を失ったようだった。殺したか、と思い、珠子は悲鳴をあげた。通行人が数人、立ち止まって見ていた。謙三は立ちあがった。立川は意識を取り戻し、のろのろと起きあがった。

「もう、つまらん暴力を振るうんじゃねえ。わかったな」

「はい」生死の境を見た、とでも感じたのか立川は素直に頷いた。

「やるんなら、死んでもいいという気でやるんだ」

「やりません」怯えきっていた。

「仲間にも、そう言っときな」

「はい」

「絶対、復讐《ふくしゅう》しにくるわ」歩き出してから、珠子は祖父に言った。「あいつら全員で」

「そうだろうな。それが狙いさ」謙三は笑って言った。

「グランパ勝てるの。殺されちゃうわよ」

祖父が笑っただけで答えなかったため珠子は、束になってかかってくる連中全員に勝てる自信までは、祖父にはないのだろうと判断した。孫の学校の校内暴力をやめさせるため自らのからだを張る気でいるらしい祖父の身に、珠子は責任のようなものを感じた。

8

正月が近づいてきていた。毎年正月が近づいてくると、父の恵一はあわてて家族旅行を計画するのだが、有名な温泉旅館でこれぞと思うところは早くから予約で満杯になっていていつも遅きに失し、結局はつまらないリゾート・ホテルで祖母を含めた家族四人が三が日を過ごすことになるのだった。家で過ごしたことさえあった。今年もまた、どこもかも予約でいっぱいだったというので、恵一は例年通り妻から責められていた。

「わかってた癖に。もっと早くから予約しとかないと」

「そうなんだけど」

「あんたって愚図ね」

地上げ屋からの厭《いや》がらせ電話が頻繁《ひんぱん》になってきたことも手伝って、千恵子の不機嫌は際限なく嵩《こう》じていった。

「千恵子さん、機嫌が悪いなあ」閉口したらしい謙三が、珠子にそう洩らした。

「何が原因なんだね」

お互い隠し事をしないという約束をしていたから、珠子は地上げ屋のことを話すしかなかった。しかし祖父は彼ら地もとの暴力団のことを熟知している様子だった。

「千恵子さんの不機嫌は、そんなことじゃねえ筈だよ」意外にも、祖父はそう言った。

ある日家に戻ると、両親の寝室から音楽が聞こえてきた。その時間、母は買い物に出かけて留守の筈だった。珠子が自分の部屋に入ると、そこに謙三がいた。

「何よグランパ。ひとの部屋に勝手に入らないで欲しいわ」

謙三は珠子のベッドに腰掛けて、隣室からのダンス・ミュージックを聞いていた。親たちのベッドサイド・テーブルにあるラジオが鳴っているのだ。謙三がつけたらしい。

「珠子。お前さんのこの部屋、隣の部屋からの音、よく聞こえるなあ」

「そうよ。喧嘩が始まると、何もかも筒抜けよ」

「これじゃ、眠れまい」謙三は溜息をついて立ちあがった。「なあ珠子や。何か考えながら部屋を出ていこうとした謙三は、孫娘を振り返った。「正月は、やっぱり家族三人で旅行しなきゃならんのかね」

「別に」と、珠子は言った。「わたしは温泉旅館とか観光ホテルなんて、あまり好きじゃないの」

「実は、わしもなんだよ」

その後、地上げ屋からかかってきた厭がらせ電話に、たまたま家にいた謙三が出たらしくて、その時の義父の激烈なことばを横で聞いていた千恵子が顫《ふる》えあがり、あとで恵一にこう言うのを珠子は聞いた。

「あれじゃ殺されるわ。あいつら、かんかんに怒っている筈よ」

その通りだった。数日後珠子は、商店街の一角で祖父があの地もとのやくざたち五人に取り囲まれている場に出会《でくわ》した。

「おれたちのことをチンピラ呼ばわりしやがったな」怒りがぶり返したのか、色黒のやくざが昂奮し、鼻息を荒くして言った。

「てめえ、命が惜しくねえのか」濃いサングラスの男が低い声で精いっぱい凄んだ。「ぶっ殺して欲しいか」

その時だ。祖父はなぜか、非常に嬉しそうな顔をした。「ぶっ殺す。嬉しいねえ」と、祖父は言ったが、珠子が見てもそれは演技でなく、本当に嬉しそうだったのだ。「やって貰おうじゃねえか」

「何をっ」

五人は色をなしたが、何しろ見て見ぬふりをして通り過ぎて行くとはいえ通行人がいる以上はドスを抜くこともできず、まったく恐れを知らぬ祖父の様子に無気味さを感じたのでもあろう。

「そのうち、手前の家に行くからな。待っとれ」

そう捨て科白《ぜりふ》を吐き、彼らは肩をそびやかしてパチンコ店に入っていった。彼らの事務所がパチンコ店の裏にある、ということを珠子は聞いたことがある。

「グランパ」

平然と彼方へ歩き出した祖父に珠子が叫びながら追いすがると、謙三は振り返った。

「見てたのか」

「ええ」顫えながら珠子は言った。「大丈夫なの。家へ来るって言ったわ」

「あんな奴ら、何もできねえさ」そう言ってから、彼は呟くように言った。「もし何かやれたらえれえもんだ。見直してやらなくちゃな」それから今しがたのやくざとのからみを何とも思っていない様子で、まったく違うことを言い出した。「なあ珠子。正月のことだがな、お前さん、わしと一緒に家にいるつもりはねえかい」

「構わないけど、どうして」

「恵一と千恵子さんだけ、行かせてやろうと思ってな」

その夜、早く帰宅した恵一も含めて珍しく家族全員と夕食を共にした謙三は、旅行社のクーポン券が入った封筒を出して息子に渡した。「草津温泉の旅館がとれたよ。往復の列車のチケットも買っといた」

「えーっ。よく取れたなあ」恵一が驚いて中をあらためる。「父さん、顔が広いから」

「あんたと違ってね」義父の前にもかかわらず、嬉しさも手伝って千恵子が軽薄に嫌味を言う。夫の甲斐性《かいしょう》のなさがよほど気に食わないようだ。

「父さん、いったいこんな金どうしてるの」恵一にとっては、父親がどうやって金儲けをしているのかという以前からの疑問を投げかけるいい機会だったようだ。

「わしにだって、金儲けの口くらいはいくつかある」謙三はそう胡麻化《ごまか》して金の出どころを言わなかった。「ただし、せいぜい小遣い程度しか稼げない。だからそのチケット、二人分だけなんだ」謙三はそう言った。「すまんが、珠子はわしと一緒に留守番してくれ」謙三は孫娘に目配せする。

「いいわよ」

「ええー。それじゃお義父さんに悪いわ」

「いいんだよ。お前さんたちふたりだけで、是非とも行ってほしい」すまながる嫁に、謙三は強制するような口調でそう言った。

9

珠子が眠りについてすぐの午後十一時、電話が鳴った。その時間にかかってくるのはたいてい珠子の友人からなので、二階応接室の電話に珠子は出た。

「ご近所の新藤ですがね」急《せ》き込んだ口調の声は顔見知りの新藤家の主婦だった。「ああ珠子ちゃん。お宅のおじいちゃんが大変。学生たちに囲まれていなさる。ええ。うちの前の道路で。あんたの学校の暴力学生だと思うけど、十人くらいいるわ。皆、金属バットとか何やかや持って。ううん。まだ睨みあってる。おじいちゃんが何か言ってるわ。ええ。ええ。警察には電話しました。1

「10番しときましたから」

新藤家の主婦に礼を言って電話を切るとすぐ、珠子はパジャマの上からセーターを羽織り、足音がしないようなゴムのサンダルを突っかけて家を出た。飲みに出た祖父がだいたいこの時間に帰ってくることを知っての待ち伏せであろう、と珠子は思った。

新藤家は五代家から50メートルほど商店街寄りにあり、駐車場の向かいにある。まだ乱闘にはなっていないようだったので、珠子は駐車場の中を通ってそっと近寄り、車の蔭《かげ》に身をひそめた。祖父は道路の片側の電柱を背にし、珠子の方を向いて立っていた。金属バット、鉄パイプなどを手にして彼を半円形に取り囲んでいるのは徳永宏、この間謙三から痛い目に遭わされた立川裕次郎、同級生の坂下文治、その他校内暴力の常連たち六人を加え、九人である。

「わしらに勝てる思うとるんかよう、おっさん」

ナイフらしいものを構え、なかば悲鳴のような声で咆吼しているのは立川だ。

ひとりでは勝てぬ悔しさと、群れで襲う後ろめたさがそんな声を出させるのだろう。あんな声を出すから新藤さんに聞こえたのだ、と珠子は思い、彼らの幼さにやや気が軽くなった。

「いやあ、そりゃあ、負けるだろう。ひとりひとりならともかく、これだけいたんじゃなあ」祖父が笑いながら言った。

平然としている謙三の真意を計りかねて、中学生たちはためらっていた。本来、ことばは苦手なのである。「何、偉そうにしてやがる」「糞爺《くそじじ》い」「やられること、ちゃんとわかっとる癖に」などの知的でない呟きがせいぜいだ。

「それでも、誰かひとりやふたりは身体障害者にできる」

謙三が呟くようにそう言うと、学生の間に緊張が走った。

「ややや、るか」という悲鳴がまた立川から出る。

「そんなことよりもなあ」突然、謙三は世間話の口調になった。「わしを怪我させたり殺したりしたら、お前さんたち、全員警察に捕まってしまう。すると校内暴力がなくなる。わしゃ実はそれが狙いでお前さんに手を出したんだが、今になってお前さんたちのことが心配になってきてなあ。そんなことになったら、お前さんたちの一生、滅茶苦茶だ」

「余計なお世話だ」中学生らしくない、野太い声で徳永宏が言った。

謙三の言うことなど、馬鹿にしてまったく聞いていないらしい者がひとりいた。仲間うちで英雄になることしか考えていない軽薄な性質の坂下文治だ。謙三が話している間にそっと背後にまわり込んでいた彼は、徳永の声をきっかけに金属バットを謙三の頭に振りおろした。

「危い」悲鳴まじりに珠子が叫んだ。

謙三は首をすくめながら右うしろを振り返ろうとした。坂下のバットは謙三の肩に当った。

謙三が道路に倒れたので、珠子は叫びながら駈け出した。「やめて。やめて頂戴」

珠子の声と出現に驚いて、坂下はそれ以上バットを振るわず、学生たちは固着した。珠子は祖父に駈け寄り、俯《うつぶ》せに倒れている彼の背中に触れた。謙三は軽く呻いた。

「馬鹿。何するのよ」珠子は坂下を睨みつけた。

「うへえ。怖い、怖い」珠子の顔が本当に怖かったのか、坂下はまたおどけた踊りを見せて引き下がる。

女の自分まで襲われることはあるまいと珠子は思い、怒りにまかせて全員に大声で叫んだ。「馬鹿。馬鹿。あんたら死んでしまえ。警察に捕まっちまえ。もうすぐ警察が来るんだからね」

「何。てめえ、警察に電話しやがったのか」徳永宏が珠子に近づいた。

通報したのが新藤家の主婦であることを言えば彼女に迷惑がかかる、そう思い、珠子は決然として言った。「そうよ。あたしがしたのよ。もう十分ぐらい前よ」

近づいてきた車のヘッドライトが駐車場の一角を照らし出したので、彼らは逃げ腰になった。とは言え、一番先に逃げ出せば仲間から臆病呼ばわりされてしまう。

「早く逃げろ」謙三が叫んだ。「馬鹿。何を愚図愚図《ぐずぐず》してやがる。早く逃げちまえ」

少年、というにはあまりにもからだの大きな彼ら少年たちが、「くそ」「行こう」「来た」などと叫びあいながら商店街の方向へ走り去った。

パトカーがやってきたのは、謙三が珠子に支えられて自宅に戻り、さらに十分以上経過してからである。目を醒まして心配していた息子夫婦と、肩にパテックスを貼ってくれる珠子に、謙三は強い口調で言った。

「いいか。絶対に奴らのことは警察に言うんじゃねえぞ。わしがバットで殴られたことも言うんじゃねえ。警察にはわしが応対するからな。余計な口を出すな」

やってきた若い警官ふたりと玄関で対面した祖父は、学生たちのことをほんとうに何も喋らなかった。ただ暴漢に襲われただけであり、金も取られず怪我もせず、孫娘が駈けつけてくれたお陰で、暗いために顔がよく見えなかったその数人の賊《ぞく》は逃げてしまったと嘘をついた。被害がなくては事件にもならず、警官たちは、「学生たち」だという通報との食い違いをさほど不審がりもせずに帰っていった。

次の日、クラブ活動が終ってから夕方近くに帰宅した珠子は、リビング・ルームで、なんと徳永宏、立川裕次郎、坂下文治の三人が祖父と話しあっているので仰天した。彼らがこちらに背を向けていたので、隣接する台所へ駈けこみ、コーヒーの用意をしている母に彼女は低声《こごえ》で訊ねた。

「母さんっ。徳永君たち、何しに来たの」

母は不機嫌だった。「あやまりに来たんだってさ。昨夜《ゆうべ》のこと」

珠子はいったん廊下に戻ってから祖父の部屋に入り、障子越しに祖父と学生たちの話を盗み聞いた。謙三が笑いながら喋っていた。

「孫のような齢のお前さんたちに殴り殺されるなら、まあ、本望なんだがね」

「すみませんでした」と、坂下の声。

珠子と同級の彼は今日、登校してこなかった。おそらく警察に捕まることを一晩中心配して、昨夜は眠っていないのだろう。それは他の連中も同じの筈だった。

「あのう」いつもの大人びた低い声で、徳永がぼそぼそとためらい勝ちに言う。

「どうしてぼくたちのことを、警察に言わなかったんですか」

なんだ、それを感謝してやってきたのか、と、珠子は思う。

「ただの喧嘩じゃねえか」祖父が笑って言った。「もっとも、わしはもうこの歳だし、お前さんたちと本気で喧嘩する気はなかったがね。それにお前さんたちは可愛い孫娘の学友だ。警察に突き出すわけにゃいかんだろう。取調べはつらいぞ。少年院はもっとつらい。場合によっちゃあ人間が歪《ゆが》んでしまって、一生直らなくなる奴もいる。お前さんたちをそんな目に遭わせたくはないさ」

鼻をすすりあげる音が聞こえてきた。障子に映る影から判断して、肩を顫《ふる》わせて泣いているのはどうやら立川らしい。わりと単純なんだ、と、珠子は思うが、彼女自身、目がしらから泪があふれ出そうになっていた。

母がコーヒーとクッキーを運んできた。

「おかまいなく」などと徳永が大人っぽく言う。

カップの扱いが荒っぽいのは、母がまだ不機嫌な証拠だ。なんで、と、珠子は思う。祖父に手なずけられて子分にされてしまった徳永たちが、この家に頻《ひん》繁《ぱん》に出入りするようになることを恐れてでもいるのだろうか。

「それにな」祖父は話し続けた。「何度も言うが、わしの歳になると命は惜しくない。だからこれは、お前さんたちの思っているような『度胸がある』ってもんじゃないんだな。気になるのは、どんな死に方をするかじゃなく、死ぬまでに何ができるかってことだ。老人はみんなそうだが、死ぬまでに何かやっておきたい。子供や孫のためにというだけじゃなく、例えば生れ育った町のために、または自分が卒業した学校のために何かいいことをして残したいと思うもんだ。わしも実はそうなんだが、これは本当は、いよいよ老い先短くなってから思うもんじゃない、もっと早くから思うべきことじゃなかったかと、ま、わしは最近、やっと今になってそう思いはじめたわけよ。わしみたいな老人になってからそう思ったって、まったくろくなことはできねえもんな。ただ、命が惜しくないから思い切ったことができるというだけだ。だから、わしの経験からお前さんたちに言っておきたいことは、命がけなら何だってできるということだ。そして人間、本心から命がけになれるのは、自分が生きていた証拠を残せるようなこと、そりゃもう、たとえどんな些細なことでもいい、何かいいことをして残すことだ。わしが何を言っとるのか、わかるかね」

コーヒーが冷めちまうから、早く飲みなさいと謙三が勧め、遠慮勝ちなカップの音がして三人がコーヒーを飲む様子だ。

「わかります」しばらくしてから徳永が言った。「おれたちのやってる、校内暴力のことでしょ」

「詫びを入れにきたお前さんたちにこんなことを頼むのはおかしいんだがね」謙三は言った。「まさにあれのことだ。お前さんたちの力で、あれをなくして貰えんだろうか」

三人が考え込み、やがて坂下が他の二人に相談する口調で言う。「おれたちだけ、やめても、なあ」

「あのう、今まで暴れてきたのは、おれたちのグループだけじゃないんです」立川が言った。「あとふたつのグループがあります」

徳永はふたりの呑み込みの悪さが歯がゆい様子だった。「だからゴダケンさんは」そう言ってから、彼はいそいで言い直す。いつも彼らの仲間内では謙三のことを「ゴダケン」と呼んでいるに違いない。「五代さんが言ってるのは、あいつらの校内暴力をやめさせろってことだよ」

「おれたちにか」立川は驚いたようだった。「喧嘩になるよ」

「おっ。やろう。やろう。おれたち正義の味方ってことじゃないの」またしても坂下が軽薄にはしゃぐ。

正義の味方なんかじゃないでしょ。喧嘩したいだけでしょ。坂下のことをよく知っている珠子は、胸で呟いた。

「あの、違うだろ」徳永がたしなめる。「おれたち同士で喧嘩したら、それ、やっぱり校内暴力ってことになるだろ」

「えっ。そんなら」

「あいつらをたしなめるだけか」立川がまた驚く。「おれたち、殴られるだけだぜ」

「だから、殴られないように」そう言ってから徳永が向きなおり、まるで謙三の挑戦を受けるとでもいう口調で言った。「やってみます。できるかどうか、わからないけど」

それきり、三人が黙り込んだ。どうすればいいのか、三人三様に考えているようだ。

「お前さんたちなら、できるさ」

謙三がそう言ったのをきっかけに、徳永が立ち上がり、立川と坂下も立ち上がる。三人で相談するのだろう、と、珠子は思った。

「あのう、父が」帰りがけ、徳永は言った。「もしゴダケンさんが戻ってきてて、ゴダケンさんさえよければ、また前みたいに、楷書《かいしょ》をお願いしたいんだそうです。楷書、書く人がいないんだそうです」

「正太郎のやつ」謙三が照れたように笑う。「そんなことなら遠慮しねえで、電話してくりゃいいのに。わかったよ。明日にでも行くからって、親父さんにそう言っといてくれ」

10

歳末大売出しの時期、徳永広宣社へは専門の看板以外にも注文が殺到していて、店主はじめ従業員たちは土日祭日の休みなく働いていた。謙三は弁当持参で駅の裏にある徳永広宣社に通いはじめ、特価品の値段などを書いて店頭や店内に垂らす短尺《たんじやく》その他の楷書の注文を引き受け、広い広宣社の作業場の片隅で筆を揮《ふる》っていた。珠子は祖父が楷書を書く技術を持っていることを知らなかったので見直したりしたのだったが、謙三によれば自分より歳上の人間にとっては当然の心得であるということだった。

学校帰りに徳永広宣社へ遊びに寄ったりするうち、珠子は徳永宏と仲良くなった。徳永たちは謙三に頼まれたことを実行に移しはじめているらしく、彼らは時おり廊下の隅で他のクラスの生徒たちと何やら話しあっていたり、声高に言い争っていたり、誰かが窓ガラスを割りはじめたと聞くと駈けつけて行ったりし、時には殴られたりもするらしく、徳永が唇の端を切って腫れ上がらせていたりすることもあった。

「ご免ね。わたしのグランパがあんなこと言ったせいよね」

篠原町子と三人で学校からの帰り道、珠子がそう言って詫びると、宏は以前の彼とは見違えるような明るい笑顔で「いいんだよ。大丈夫だ」と言うのだった。

「まさか、グランパの言いつけ通り、死ぬ気でやってるんじゃないわよね」

「オーバーだよ」

先生が殴られたり、殴る蹴るなどのいじめがあったり、窓ガラスが割られるなどの校内暴力も、やや少くなりはじめているようだったが、徳永たちの活躍の効果がまだ目に見えてあらわれないうちに冬休みがやってきた。

クリスマス・イヴに謙三は、息子にマフラー、嫁にスカーフをプレゼントした。千恵子は顔を赤くして義父に詫びた。

「ご免なさい。わたしたち、お義父《とう》さんへのプレゼントなんて何も考えてなかったわ」

「いいんだ。クリスマスのプレゼントなんてものは、親が子にするもんだ」

「わたしには何もないの」

不満そうに珠子が言うと、謙三は息子夫婦に向きなおった。「珠子に、スーツを買ってやりたいんだがね。今年一年でだいぶ背が伸びたらしくて、窮屈そうなのしか持っとらんだろう」

「えっ。買うって、どこで」恵一が驚く。

「明日、珠子と銀座へ行ってもいいか」

「わお」珠子は歓声をあげた。

だが恵一は、不審げにじろじろと父親を見た。徳永広宣社での一枚数百円にしかならない短尺の揮毫《きごう》料でスーツなど、それも銀座の一流店で買えるわけがないのだ。

翌日、珠子は祖父と一緒に銀座へ出た。謙三は妻が大切に保存していたスーツとコートを久しぶりに着込んだ。古いスーツが着られない珠子は制服のままだった。出かけるまでは、祖父とふたりきりでは何となく話題に困るような気がして気づまりだったのだが、いざ銀座に出てしまうとふたりともデパートや洋装店での品定めに夢中となった。ふたりとも、洋装店にあったミュウミュウというブランドのスーツが気に入ったので買うことにした。謙三は店員に、手直しが正月に間に合うよう長い間交渉していたが、珠子は、正月に間に合わなくてもいいのにと思い、祖父がなぜ正月にこだわるのか不思議だった。

服に合うネックレスやイヤリングなどの買い物をしているうちに夕食時とな

り、ふたりはレストランに入った。謙三は本来、日本料理が好みだったが、さいわい珠子の好きなイタリア料理にも目がなかった。一流店と言われている大きなイタリア・レストランに入ると、老人と女子中学生の二人連れを客たちはじろじろと見た。

「わたし、少女売春と思われてるわ」

「何だね、その少女売春ってのは」

最近の社会状況に疎《うと》い祖父に、珠子は少女売春を説明した。

「そいつは弱ったたな。まさか立ちあがって、これは孫じゃ孫じゃと大声で呼ばわるわけにもいかんし」謙三は嘆息した。「しかしまあ世の中、えらいことになっとるんだなあ」

大晦日がやってきて、父と母が温泉旅行に出発すると、謙三は孫娘に言った。

「さあ。元旦は都内のホテルで過ごすから、行く用意をしなさい」

「ええー。でもまだスーツ、届いてないんだよ」

「あれはホテルへ直接届けるよう言っといたんだ」

「ええー。ほんとに。でもわたし、二日は友達と会うんだけど」

「心配するな。二日の朝、帰ってくることにしてるから」

クリスマスの時と同じ恰好で都心部のホテルに行くと、謙三は優雅なスウィート・ルームを予約していて、そこには珠子のスーツがすでに届いていた。部屋には正月用の花が飾られていた。謙三は以前このホテルの上得意だったらしく、支配人の名でシャンパンと果物も届いていた。寝室にふたつ並んだ豪華なベッドを見ながら珠子は言った。

「グランパ、わたしに変なことするんじゃないでしょうね」

「手前の孫娘犯すやつはいねえよ」

謙三は、いつの間に誂《あつら》えたのか、自分のためのディレクターズ・スーツを届けさせていた。ルーム・サーヴィスで簡単に夕食を終えてから、ふたりはホテルの地階にある小さなクラブの年越しパーティに赴くため着替えをした。小さなクラブというのは祖父の言い方であり、珠子の目には大きなクラブなのかもしれなかった。スーツを着、装身具を身につけると、珠子は自分でも驚くほど大人っぽくなり、化粧していない顔がスーツに似つかわしくなくなってしまった。こんなこともあろうかと彼女は母親の化粧品をいくつか持ってきていたので、寝室の三面鏡に向って薄く化粧をした。

「レディになっちまったな」珠子の色っぽさに多少たじろぐ様子で祖父が言った。

「グランパも、すごくダンディよ」

「My Reverie」というそのクラブは、何もかも大人のムードに満たされた渋い雰囲気の場所だった。きちんと盛装した人ばかりで、昔からの常連らしい老人夫婦や、ピアニストのファンと思える中年の紳士が大半であり、たまたま宿泊しているらしい若いカップルはほんの二組だった。珠子は謙三の顔の広さにまた驚かされた。祖父によればコールマン髭《ひげ》というらしい鼻下髭を蓄えた恰好のいいピアニストは柳田さんといって祖父の昔からの友人だったたし、その他常連の四、五人とも顔見知りだったのだ。

「少女売春ではない。少女売春ではない。これは孫娘だ」

謙三が珠子を大声でそう紹介すると彼らは大笑いし、ふたりの為にピアノのすぐ傍の席を譲ってくれたりもした。珠子はシャンパンを飲まされたり、食べたこともない珍味のオードブルを振舞われたり、さらに女性用のカクテルだという素晴らしい香りの飲物を飲まされるなど、ちやほやされたが、話しかけてくるのが中年や老年の紳士ばかりなので物足りなかった。祖父は自分を友人たちに自慢したかったのだろう、と、珠子は思った。こんな場所に自分と同年輩の子がくるわけはないのだとも思い、滅多に来られないであろう店のムードをめいっぱい楽しむことにした。

客のリクエストで柳田さんが弾くピアノは「Sleepy Time Gal」だとか「All The Things You Are」だとかいう、すべて昔のジャズばかりだった。珠子もリクエストを求められ、以前に見た映画の主題曲だったので憶えていた「All Of Me」というタイトルを口にすると、「洒落《しゃれ》た曲を知っている」というので拍手されたりした。

「ゴダケンさん。何か歌ってくれないか」

柳田さんがそう言い、祖父があいよと言って気軽に立ったので珠子は今度こそ吃驚仰天《びっくりぎょうてん》した。傍らの老人から、昔祖父がほんの一時期このクラブで歌っていたと聞かされ、ますます祖父の正体がわからなくなった。歳のせいで息が続かなかったりもするが、案外甘ったるい声で祖父が歌う「You'll Never Know」という古い曲にはジャズ世代でない珠子にもどこか陶然《とうぜん》とさせるものがあった。あるいはそれは酔いのせいだったのかもしれない。「昔に戻ったみたいだ」そう言って涙ぐんでいる老人もいた。

元旦を迎える時間が迫り、店長が年越し蕎麦《そば》の注文を大慌《あわ》てで取ってまわって爆笑されたり、柳田さんが皆で歌う「Auld Lang Syne」という曲の歌詞が印刷された紙を配ったり、大騒ぎの中、いよいよ秒読みが始まり、それが終ると盛大にシャンパンが抜かれた。「Auld Lang Syne」を皆が歌い出し、珠子は安心した。なんだ。蛍の光じゃないの。

酔って部屋に戻ったのは午前一時ごろで、祖父はそれからまた飲みに出たらしいが、珠子はぐっすり眠ってしまった。翌日の元旦、謙三はほとんど部屋で寝ていたが、珠子はホテルの庭を散策したり、ゲーム室で知りあった小学校高学年の可愛い双子の男の子と遊んだりした。

二日の昼過ぎに家に戻り、両親はさらにその次の日、草津から戻ってきた。母親が見違えるほど上機嫌になっていたので珠子は驚いた。美しくさえなっていた。いったいどうしたのだろうと思い、祖父に訊くと、彼は笑って言った。

「お前さんがもっと大人になりゃあ、わかることだ。千恵子さんはそのうちまた、不機嫌になってくるだろう。そうすりゃまた、夫婦で旅行に行かせるさ」

そこまで言われれば珠子にだってわかる。なあんだ。性的欲求不満だったのかあ。なるほど隣室に年頃の娘がいたのでは、夫婦生活もままならなかったであろう。

11

三学期になると、校内暴力はほとんど影をひそめた。進学か就職かの分岐点を目前にして苛立ちをつのらせ、発作的に暴力をふるう生徒もいたが、たいていは以前の校内暴力集団とは無縁の、孤独な生徒だった。

徳永宏は工芸高校への進学を決めた。父親の仕事を継ぐことにした様子だった。彼と珠子の仲がますます親密になってきたので、篠原町子はふたりに遠慮してか、帰途を共にしなくなった。いじめられなくなってから、彼女には彼女の、新たな友達ができたようだった。

宏は地上げをしているあの暴力団の、松永というひとりの団員と知りあいだった。色黒で小柄なあの若い男がそうだった。松永は中学生時代に宏の父親の広宣社でアルバイトをしていたらしく、宏とはその時からの友人であり、今でも時おり広宣社へ遊びにきて宏と話すことがあるらしく、宏は彼から聞いた暴力団の内部事情を、情報として珠子に教えてくれたりもした。以下は珠子が徳永宏から聞いた話である。

暴力団は菊池組と言い、組長の菊池剛蔵はそれまで都内の不動産会社で企業舎弟をしていたのだが、この町の不動産屋から地上げの仕事を頼まれて以来、駅前のパチンコ店の裏に事務所を構え、菊池組を名乗るようになった。構成員は八名で、ほとんどは菊池が都内から連れてきた男たち、あとのわずか二、三人が地もとの若者たちである。

菊池組は地上げだけでなく、駅裏にせせこましく立ち並んでいる飲食店からも、みかじめ料を収奪していた。ショバ代のようなもので、木崎ともみの母親が勤めている「ゴルゴダ」のようにいかがわしい商売をしている店が多いから、不逞《ふてい》の輩《やから》がやってくることも多く、菊池組は揉めごとや騒動が起った時、それらの店に用心棒を派遣したりもするのだった。最初は都内から流れ込んできて駅裏周辺にたむろしていたホームレスを追い出したりしたので、飲食店街の店主たちから感謝されていた時期もあったのだ。無論、中には頑としてみかじめ料を払わない店もあり、それは例えば、謙三もよく出かけていく「ジャスミン」というバーのように、女の子も置かずバーテンひとりで堅実に商いをしている店などである。現在はこれらの店と菊池組との攻防がくり広げられているらしい。

菊池剛蔵は年齢が六十歳前後で、事務所の近くの家には年上の病弱な妻がいる。剛蔵はこの妻を一応大切に扱ってはいるものの、常に若い女を、大っぴらに情婦にしていた。一時、この町に住んでいて夫と死別した杉田香世という三十歳になる女を駅前のマンションに囲っていたことがある。香世は美人だったが浮気っぽく、剛蔵に囲われていながら医科大学に勤める助手と仲良くなった。剛蔵に見つからぬよう密会を重ねていたのだったが、ある日国道沿いのホテルからふたりで出てきたところを、たまたま子分たちと車で通りかかった剛蔵に発見されてしまった。「手前らここにいろ」と子分に言い残し、剛蔵は車を降りてふたりの前に立ちはだかり、国道のことだから当然衆人環視の中であるにもかかわらず、ものも言わず香世の髪を鷲摑《わしづか》みにし、ホテルの外壁の荒塗りしたコンクリートに額を押しつけ、約12、3メートルほどを強くこすりつけたままで歩いたのだった。香世は凄絶な悲鳴をあげ、顔中が血に染まり、服も血だらけになった。泣き叫ぶ彼女の首筋を剛蔵は猫のようにつまんで、立ちすくんでいる大学助手の前につれて行き、へたへたと腰を抜かして座り込んだ彼めがけて、香世のからだを投げつけたのだった。この一部始終を車の運転席から見ていた子分というのが、宏と親しい松永だったのである。

額が割れて鼻が潰《つぶ》れ、香世はふた目と見られぬ顔になったというその話を聞いて、珠子はふるえあがった。そんな乱暴な組長が、もし直接わが家にやってきたとしたら、いったいどんな騒ぎになるのだろう。宏は菊池組がたくらんでいる五代家の地上げと追出しの計画を松永から聞いてはいたが、末端の組員である松永に頼んだところでやめてくれるわけはないので、今のところ黙っているということだった。

謙三が三日にあげず飲みに行く「ジャスミン」というのは、昔彼の会社の社員だった中藤という男が、道楽半分に退職後開いたバーで、上品さが売りものだったから、都内に通っていて、帰途一杯やりに寄る真面目な中堅サラリーマンの客が多く、繁盛していた。中藤は死に、今はその息子がひとりでバーテンを勤めている。慎一というその息子は高校時代、暴走族の仲間に入っていたのだが、謙三は父親から頼まれて彼がまともな道に戻るよう面倒を見たことがあるのだった。珠子はそんな昔話を祖父から聞かされてはいたが、みかじめ料を払わないため菊池組から厭《いや》がらせを受けていることまでは知らなかったので、いつか祖父が騒ぎに巻き込まれるのではないかと心配した。

「三日にあげず」と表現したのは宏だが、謙三が飲みに行くのは「ジャスミン」だけではないのだから、ほぼ毎晩どこかで飲んでいるわけであり、そんな飲み代をどう工面しているのかも不思議のひとつだった。徳永広宣社からの収入では、たとえスタンド・バーであろうと、居酒屋であろうと、小一時間飲んだだけでなくなってしまう筈だ、と、これも宏が珠子に言ったことである。だがある日、そんな珠子の疑問が氷解した。ただしそれによって珠子には新たな不安が纏《まと》いつき、心配の種が増えることになったのだ。

その日珠子が帰宅して自室に入ると、押入れの戸が開いたままになっていて、その天井裏から祖父がさかさまに顔を出した。

「グランパ何よ。驚くじゃないの」珠子は息をのんだ。「勝手にわたしの部屋に入らないでって言ったでしょ」

以前と同じく、またしても母親は買い物に出かけていて留守だった。

「すまんすまん。屋根裏に入るところはここしかないのでな」

「屋根裏で何してるの」

「いいものを見せてやろう」謙三は孫娘を手招きした。「ここへあがっといで」

「なあに」好奇心いっぱいになって、珠子は押入れの上段に登り、祖父に手を引っぱられて屋根裏に入った。

初めて入る屋根裏は、空気抜きの窓があったりするせいで案外明るく、綺麗だった。三角形の屋根裏の頂きに太い棟木《むなぎ》があり、その下、珠子の頭上にも巨木の梁《はり》や桁《けた》がどっしりと張り渡されていた。

「うわあ。ずいぶん広いのねえ」

「野縁《のぶち》を伝っといで。天井板、踏み抜くんじゃねえぞ」

謙三は懐中電灯を手に、先に這って屋根裏の南端、応接室の上にあたるひと隅にまで珠子を導いた。そこには黒革の大きなトランクが置かれていた。「これだよ」

謙三が蓋をあけ、懐中電灯で照らし出したトランクの中味は、ぎっしりの一万円札だった。新札ではなく、すべて使い古された紙幣だった。

「うそだあ」と、言ってから珠子は訊ねた。「いくら入っているの」

「二億円あったが、一千万円近く使ってしまってるかなあ」と、祖父は言った。

「わかってるだろうが、誰にも言うんじゃねえぞ」

「グランパこのお金、どうしたの。ヤバいお金なの」

「あとで話してやるよ」

「あんなお金があること、父さんも母さんも知らないんでしょ」祖父と並んでふたたび屋根裏を這いながら、珠子は訊ねた。

「千恵子さんに教えたら、たちまち浪費しちまうだろうからな。恵一が知ったら、出どこをわしに根掘り葉掘り訊ねるだろう。真面目なあいつのことだ、警察に届けろなどとわしを説得しにかかりかねない」

「なぜ、わたしに教えたの」

「だって、わしに万一のことがあれば、誰もあの金のことを知らねえままにな るじゃねえか」

「えっ。じゃあさ、そうなればあのお金、わたしにくれるの」

「そもそも、お前さんにやる金だ」と、祖父は言った。「別にわしが死ななく ったって、好きに使っていいんだぜ。必要があるんなら今だってな」

そんな大金、今の珠子にはまったく必要がない。それよりも、あんなにお金 があるのなら、と、珠子は思う。父や母への気兼ねもなく、祖母と一緒の生活 だってできる筈だ。

「ねえグランパ。グランマに会いたくない」と、珠子は言ってみた。

祖父は突然そんなことを言い出した珠子の真意を探ろうとするかのように、 しばらく黙った。やがて彼は笑いながら言った。「逃げた女房にゃ未練はねえよ」

「昔のことだが、わしの会社は、約手《やくて》の割引をしている暴力団のために、ひで え目にあって倒産した」リビング・ルームで、謙三は孫娘に話しはじめた。「で、わしゃ腹に据えかねて報復したのよ。連中が武器の取引をしていることや、武器の代金を入れたトランクを駅のロッカーに入れていることなどを調べあげた。で、ロッカーの鍵を持った男から鍵をちょろまかし、わしゃトランクを奪った」

「ヤバあい」珠子は身もだえた。「殺されちゃうよう」

「ヤバいのは、連中も同じだ。なけなしの金だったからな」謙三はにやりとした。「武器を持ち込んできた外国人は、他に取引相手もなく、約束に違反したというので連中をつけまわした。連中は解散した」

「だってグランパの仕業だってこと、その人たち、知ってるんでしょう」

「知らねえよ。鍵を持っていた男は、わしの顔を見ていない。それに、なんたってわしゃプロじゃなく、真面目な市民だもんな。あるいは『もしや』なんて疑ってるかも知れんが、やっぱり『まさか』と思ってるだろうね。それにもう、わしがムショへ行く前だから、二十年近くにもなる」

どんな危険があっても表面は平然としているのが祖父であった。珠子には次第に祖母の気持がわかりかけてきた。

　三学期も終ろうという日のことだ。日曜日だったので珠子が自室にいると、何度もドア・チャイムが鳴り、表の通りでまたしてもあの地上げ屋の暴力団員たちが騒ぎはじめた。まずいなあ、と珠子は思った。今まで彼らがやってきたのはたまたま祖父のいない時ばかりだったのだが、今日謙三は家にいるのだ。窓を細めに開けて道路を見おろすと、例によって松永という色黒の男と、濃いサングラスの男という、いつもの常連二人に、もうひとり恰幅《かっぷく》のいい中年の男を加えた三人が、うす笑いを浮かべながら、口ぐちに歌うような大声で嫌味を言い立てている。

「おやおや。また居留守かい五代さんの奥さんよう」

「いるんでしょ。わかってんだよ」

「話をしてくれなきゃ、片がつきませんぜ」

「可愛いお嬢さんでもいいよ。出てきておくんなさいな」

「それともおじいちゃんが出てくるかい」

三人がどっと笑う。

「いけません。出ないで」階下から、母の切迫した大声が聞こえてくる。「いつも、ほっとけば帰るんですから」

だが、祖父は表に出た。「おやおや。お前さんたちかい」

「へえぇ。『殺されてもいい』おじいちゃんが出てきたぜ」以前商店街で祖父にからみ、謙三のことばを憶えていた中年男がそう言って嘲《あざけ》った。

「これから、家のことはわしに直接話してくれねえかなあ」謙三は世間話のようにくだけた口調で言う。「お前さんたちも知ってるだろうが、この家はわしのもんだからね。他のもんに言ったって仕方ねえんだよ」

「ほう。そうか」中年男は真顔になり、開き直った。「じゃ言わせて貰おうじゃねえか。若い奥さんには前から言ってるんだが、今が売りどきなんだよ。せっかく丸高がいい値をつけてくれてるんだ。これ以上売り渋られると、おれたちの顔にかかわるんでね。組長もそろそろ我慢できなくなってるみたいだしなあ」

「ほう。組長」謙三はにやりとした。「あんたたちにしてみりゃ、『おめえたちだけで何とか立ち退かすことできねえのか』って言われるのが厭なんだろうが、こっちにしてみりゃ、『そんなら何で組長が直接来ないんだ』てなもんだがねえ」

「な、何を」「このじじい」三人が顔色を変えて謙三に詰め寄った。

中年男は本気で怒っていた。彼は大声で怒鳴った。「手前、組長がどんな人だか、知ってんのか」

殴りあいになる、と、珠子は思った。

その時、角を曲って一台の大きな乗用車が前の道路に入ってきた。黒塗りのベンツだった。通り過ぎるのかと思ったらしく、道路で話していた四人が向かいの住宅の塀に身を寄せたが、車は五代家の前で停車した。二階から見おろしている珠子の眼にはプロの殺し屋としか思えない、黒いスーツを着た細身の青年が助手席から降り立ち、後部のドアを開けた。降りてきたのはこれまた、大物ギャング以外の何者でもないという風貌の、やはり黒ずくめの巨漢である。続いて反対側のドアからも黒ずくめの、他の二人と同じ種類の凄みをたたえた三十歳前後の男が降りてきた。この連中が漂わせている殺伐とした不吉な雰囲気の前では、地上げ屋たちはまさにチンピラでしかなかった。彼らは毒気を抜かれ、眼を見開いてこの男たちを見つめている。

高価そうなダブルの背広を着た巨漢はゆったりと周囲を眺め、謙三に近づいて笑いかけた。親しげな笑いのつもりなのだろうが、珠子には死神の微笑としか思えず、おそらく本人もその効果を充分承知している筈と思えるそれは、全身に顫《ふる》えがくるほどの恐しい笑いだった。

「よう。ゴダケンさん。久しぶりだな」と、巨漢は嗄《しやが》れた声で言った。「あんたに、ちょっと話があるんだが」

12

ベンツで連れ去られた謙三は、その夜、午前二時を過ぎた頃、酔っぱらって帰宅した。心配して、寝ないで待っていた家族に彼は言った。

「久しぶりだからっていうんで、高級クラブへ連れてかれて、浴びるほど飲まされた」

「どういう連中なの」接待ゴルフで疲れていた上に明日の朝が早い恵一は、苛立った様子で父親に訊ねる。

「やくざだよ」謙三は平然としている。「昔はチンピラだったのに、いささか大物になったもんだから、羽振りのいいとこをわしに見せたかったんだろう」

「そんなのと、つきあわないでほしいよなあまったく」恵一は泣き声を出した。

「親父に問題起されたら、おれやっぱり、会社でまずいよ」

両親が寝たあと、珠子は眠れず、そっと起き出して祖父の部屋へ忍んでいった。「グランパ、寝たの」

「起きてるよ。何だい」

布団の中の祖父の枕もとに座って、珠子は言った。「あの人たち、屋根裏のあのお金を探してるんじゃないの」

「そのようだな」謙三は枕もとの煙草をとって火をつける。

「グランパを疑ってるの」

「よくわからんが、わしが何か知ってると思ってはいるらしい。あの大男は疋田《ひきた》と言ってな、昔わしをひどい目にあわせた連中の下っ端だった。だからこそ外国人ギャングの追及も免れたんだろう。今じゃあ相当な顔になっていて、大勢の組員をかかえている」

「なぜ今頃になって、グランパに目をつけたのかしら」

「さてね。誰かがあいつに密告したんだろうよ。『ゴダケンが毎晩のように飲み歩いている。金には困っていないらしい』ってな」

「よく、ひどい目にあわされなかったわね」

「酔っぱらわせて、金の出どこか何かを聞き出そうとしたんだろうな。わしゃ酔いつぶれたふりをして、何も言わなかったがね」

「それで、連中は納得したかしら」

「わからん。しかしお前さんは心配しなくていい」

「心配するわよ」少し腹を立てて、珠子は自室に戻った。

疋田という組長の率いる暴力団がまた来るのではないかと珠子が恐れているうちにも、春が来て、卒業式があり、徳永宏と立川裕次郎は卒業してゆき、短い春休みが終って、入学式があり、珠子は二年生になった。新たなクラスには坂下文治も木崎ともみも、克美、舞、カンナの三人組も、篠原町子もいなかった。だが珠子には、新たに可愛い友人ができた。

荒川紀子は小学校の頃から一年上級の珠子に憧れていたのだが、中学生になって「無闇に大胆になったので」、珠子に話しかけてきたのだということだった。こんな子がいたかしら、と、珠子は最初紀子を見て思ったのだが、それは紀子が新入生の中でも群を抜いて可愛かったからで、それは小学校時代の彼女を憶えていないことが不思議に思えるほどの可愛さだったからでもある。たちまち仲良くなり、休み時間はおろか下校後や休日までほとんど彼女と共に過すことになった。紀子の珠子への入れ込みかたは尋常《じんじょう》ではなく、休み時間には必ず珠子のいる教室へ飛んでくるので珠子の周辺の級友からは顰蹙《ひんしゅく》を買っていたのだが、紀子は平気だった。何しろ「お姉さまのためなら命もいらない」と言っているほどであり、まんざら口先だけではない様子もあったので珠子は心配になったりもした。休日はたいてい紀子が五代家へ遊びにやってきた。母の千恵子も彼女を歓迎した。荒川家が真面目なサラリーマン家庭と知ったからでもあろう。

「凄え美人の友達ができたじゃねえか」謙三も喜んでいるようだった。

学校からの帰途は商店街の中ほどまで一緒だった。高校から戻ってくる徳永宏を見かけたことも二、三度あったが紀子が一緒なので声はかけず、宏も遠慮しているようだった。だがある日、紀子と別れた直後に、宏が追いついてきて珠子に言った。

「おい、お珠。『グラナダ』のカフェ・オーレ奢ってやろうか」

「ええー。本当に」

「グラナダ」という喫茶店のカフェ・オーレは正月に友人たちと飲んで以来、常に珠子が渇望し続けている飲み物だったが、中学生の小遣いで一杯五百五十円の飲み物を頻繁に飲むことができる筈はなかったのだ。宏がなぜ珠子の好物を知っているのか不思議ではあったが、何やら話したいことがある様子だったので、彼について商店街からひと筋裏の「グラナダ」に入った。

「荒川紀子といつも一緒だから、なかなか話せなかったんだけどさ。ゴダケンさん、えらいことになってるの知ってるかい」案の定、珠子に教えておきたいことがあったのだ。

以下は宏の話である。

スタンド・バー「ジャスミン」のマスター中藤慎一が、いくら脅してもみかじめ料を払わず、だからといって暴力に訴えれば警察沙汰となり、自分たちが捕まってしまって虻蜂《あぶはち》取らずになるので、業を煮やした菊池組の連中は厭《いや》がらせ作戦に出た。店の前に立って「ジャスミン」へ入ろうとする客にからみ、追い返すという手段に出たのである。これを何日か続けるうち常連客のほとんどが来なくなって、「ジャスミン」に閑古《かんこ》鳥《どり》が鳴きはじめた。それでも謙三だけは脅しに屈せず、「ジャスミン」に通い続けた。菊池組の厭がらせが始まってからは、むしろ毎晩のように通い出した。そのうち、自分ひとりが客では売り上げも伸びまいと、駅で待ち合わせたサラリーマンの常連客を引き連れてなだれ込んだりもした。慎一はそんな謙三に感謝して、自分も店の前に立ち、菊池組の営業妨害に対して敢然と対決する姿勢を見せはじめた。殴りあいになり、警察に取り調べられて不利なのはあきらかに前科者集団の暴力団側だから菊池組の組員たちはほとほと手を焼き、叱られるのを承知で一部始終を組長の菊池剛蔵に報告した。

剛蔵はひどく腹を立てたものの、名前だけはよく聞いているゴダケンという男に興味を持ち、謙三を事務所へ連れてくるよう子分に命じた。それは宏が珠子に話した前夜のことだった。「ジャスミン」の前に立ちはだかっている例の三人を見て、やってきた謙三はいつもの厭がらせだろうと思ったらしい。

「いくら脅しても無駄だね」と、謙三は彼らに笑いながら言った。「わし、この店が好きなんだよ。あんたたちがここに立つようになってから、ますます他の店へは行きたくなくなっちまった」

あの恰幅のいい中年男が謙三の前に立ち、いつになく真面目な顔で、せいいっぱいのビジネスライクを装いながら言った。「組長があんたに会いたいと言ってる。事務所まで一緒に来てもらえないか」

謙三は無言で頷いた。

三人に周囲を取り囲まれ、駅のガード下を通って商店街に入り、パチンコ店の裏の菊池組事務所に行くと、剛蔵は奥の小さな応接室で待っていた。肘掛け椅子に座らされた謙三の背後に三人が立ち、剛蔵は謙三と向かいあった。

「そうか。あんたがゴダケンかい」剛蔵は相手を見てすぐ、ただ脅しただけでどうにかなる人間ではないと悟ったようだった。「こいつらから聞いたよ。『ジャスミン』に、毎晩行くそうだな」

「死んだマスターの親父から、あの慎一のことを頼まれていてね」

「そのことも聞いた。しかし、こっちには行ってほしくない理由がある。あんたに行かれちゃ、みかじめ料を払ってくれているほかの店に顔向けできねえんだ」

謙三は無言だ。

「いいか。『ジャスミン』には、金輪際《こんりんざい》行かねえでくれ」

じろり、と、謙三は剛蔵を見た。「命令かね」

「命令じゃなく、頼んでるんだ。だけど、いいか、おれがこうやって頼んだ以上、あんたがまた『ジャスミン』へ行けば、今ここにいるこいつらにも示しがつかねえ。その時はただじゃおかねえからな」

謙三はまた沈黙した。

返事がないので剛蔵はつい大声を出す。「わかったのかい」

謙三はゆっくりと立ちあがった。「あんたの言うことは、よくわかったよ」

出ていこうとする謙三に、剛蔵が背後から言う。「約束を違《たが》えると、命のやりとりになる。お互い、死ぬほどのことじゃあるまい」そう言ってから、三人に目配せした。

三人は謙三を囲んで歩き出し、彼を自宅まで送った。その夜だけでも「ジャスミン」に引き返させることを避けるためだった。ひと晩寝れば、いかに強情で反抗的な老人とて考えを改めるだろうと予想してのことだったのだろう。

「あいつらには珍しく、ゴダケンさんと歩いている間、ひと言もなかったそうだよ」と、宏は「グラナダ」で、珠子にそう言った。「組長とのやりとりで、ゴダケンさんの何を考えているかわからない怖さが、少しはわかったみたいだね」

その夜、母と共にリビング・ルームで食事を終えた珠子は、いつもの着流し姿で出かけようとする祖父を追い、玄関に出た。

「グランパ。いつも飲みに行くのね」

「ああ」

今夜に限って見送ろうとする孫娘を、謙三は不審げに見た。

どう言っていいかわからず、珠子はためらった。「えっと、今夜はさあ、どこのお店へ行くの」

「うん。ちょっと、『ジャスミン』へな」

珠子は胸が苦しくなった。祖父を止めることはできそうになかった。宏から聞いたことを話せば、祖父は宏に腹を立てるだろう。それでもかすかに「やめて」と、懇願《こんがん》する声が洩れてしまった。

「えっ。何故だい」謙三はしばらく珠子を見つめ、やがて頷いた。「ははあ、誰かから、何か聞かされたな」彼は笑った。いつもと変わらぬ笑顔だった。「大丈夫だよ」

祖父は出ていった。今度こそ本当に、グランマの気持がわかった。リビング・ルームへ引き返しながら、珠子は心の中でそう泣き叫んでいた。今度こそグランマの気持、いやというほど、よくわかった。

13

商店街の裏にある「三吉寿司」で、板前の秀夫を話相手に熱燗《あつかん》一合で握りを五、六個つまんでから、謙三は駅のガードをくぐって駅裏の飲食店街に入った。「ジャスミン」のある路地周辺には通行人も多く、附近の店の中からもカラオケによる濁声《だみごえ》の歌が聞こえてくる。「ジャスミン」の前に菊池組の連中はいなかった。常連客はすでに来なくなっているし、謙三が来るなどとは夢にも思っていないのかもしれなかった。

ドアを押して入るとやはり客の姿はなく、カウンターの中に慎一がいるだけだった。その精悍《せいかん》な顔に驚きの影が走った。「ゴダケンさん。来たんですか」

　昨夜のことを、すでに知っている様子だった。菊池組の下っ端の誰かが早いうちに来て得得《とくとく》と話したのでもあろう。

「ああ。来ましたよ」

　笑いながら謙三はカウンターの隅に腰をおろした。L字形のカウンターには八人分の椅子しかない。

「来ちゃいけなかったんですよ」慎一は辛そうに顔を伏せる。

「なあ慎ちゃん。あいつらをのさばらせちゃいけねえ。みかじめ料なんてものは法律違反で、本来あってはならねえもんだ。だからびくびくするのは、みかじめ料を徴収しているあいつらでなきゃいけねえ。ま、いいから、いつものを作っておくれ」

「はい」慎一はミクシング・グラスにライ・ウイスキーを入れながら訊ねた。「で、連中が来たらどうしますか」

「わしと組長の問題だからね。連中が直接わしに手を出すことはない。まあ心配するな。お前さんも飲まねえか」

「いただきます」

謙三が慎一相手に飲みはじめてから三、四十分経ったころ、菊池組の組員七人が顔色を変えて店に入ってきた。組長を除くほとんど全員といっていい数だった。誰かが「ジャスミン」に入る謙三を目撃して組事務所に通報したのだろう。彼らは無言でドアの手前に立ち、若頭格の中年の組員ひとりが謙三に近寄り、いつになく丁重な言葉で言った。

「ゴダケンさん。組長が、ちょっと来てほしいと言ってなさる。顔を貸してくれませんかね」

何か言いかけた慎一を、大きく頷きかけることで制し、謙三は千円札を三枚カウンターに置いて高い椅子から降り立った。「ちょっと、行ってくる」

「あ。お気をつけて」慎一はそういうのがせいいっぱいだった。

駅裏の駐車場にベンツが停っていた。ふたりの組員が謙三を後部席に挟んで乗せた。彼らはしばしば、常識では理解し難い、世にも奇妙な生き物を見るという眼で謙三を見た。積み残された組員たちが別の車で後を追ってきた。車は国道を少し走り、町外れの広い駐車場に入った。だだっ広い駐車場なので、駐車している車がごく僅かに見えた。駐車場のいちばん奥、ほとんど停めてある車のない一角で、菊池剛蔵がもうひとりの子分と共に、風呂敷包みを抱いて待っていた。

「手前ら、入口で張ってろ」そう言って剛蔵は子分全員を遠ざけた。彼は、さも不思議そうに謙三をしげしげと見た。「なんでまた、あの店へ行ってくれたんだいゴダケンさん。行かれると子分に顔が立たない、おれはそう言ったぜ」

「そう聞いたよ」覚悟ができているので、謙三はなめらかに答えた。「あんたの顔を潰しちまったな。悪かったよ。だけどわしにも意地があってな」

「じゃ、差しで片をつけるしかねえな」剛蔵は風呂敷をほどいた。中に入っている二本の脇差《わきざし》を、彼は謙三に差し出した。「どっちでも、取りな」

「おや。わしの分まで、用意してきてくれたのかい」謙三は剛蔵に笑いかけた。

「いいとこあるじゃねえか」

一本を握り、少し身を引きながら、こんな喧嘩は十五、六年ぶりだなあ、と謙三は思った。しかしその時は、相手だけが短刀を持っていて、謙三は手近の鉄パイプを拾ったのだった。あの時はまだ、わしも若かった。相手は年上だった。今度は相手の方がずいぶんと若い。負けるだろうなあ。そう思いながら謙三は相手にあわせて自分も脇差を抜いた。相手の手もとで脇差の刃が駐車場の照明にぎらり、と光った時、謙三はやっと恐怖を自覚した。自分が殺されるのはいい、だが、相手を殺してしまった場合はどうなる。そう考えて怖さがこみあげてきたのだった。今度刑務所に入れば一生娑婆には戻れない。あの刑務所の中の苦労が老残の身に死ぬまで続く。それが恐ろしい。情けなくも足に顫え がきて、下駄がコンクリートの地面で鳴った。謙三はいそいで下駄を脱ぎ捨てた。だが、乾いた音がまだ小刻みに続いている。謙三は苦笑した。なんだ、相手も足を顫わせているんじゃねえか。謙三は少し気楽になった。

「ゴダケンさん」少し掠《かす》れた声で剛蔵が言った。「みかじめ料なんてのは、たかの知れた金だ」

「そうだよ」

「じゃ、なんであんたが代りに払ってやらなかったんだい。もしその気があるんなら、子分に内緒でだが、当分おれが肩代りしてやってもいいんだぜ」

謙三が一瞬、おっ、それでもいいか、と思ったことは否めない。だがすぐ思い返した。それではみかじめ料を認めることになってしまうのだ。

「いやだい」と、謙三は言った。

剛蔵はやがて、くすくす笑った。「じゃ、おれの負けだ」

「あんたの言う通りだよ」鞘《さや》に収めた脇差を返しながら、謙三も言った。「まったく、命のやりとりをするほどのことじゃねえや」

「話はついた」駐車場の入口で、剛蔵は子分たちに言った。「もう『ジャスミン』からは金を取らねえ。わかったな」

「へえ」

どう話がついたと子分たちに言うつもりなのか、あるいは何も言わないのか、それは謙三の知ったことではない。

「お送りしろ」

「へえ」

今度は二人の組員だけで謙三を乗せ、車は国道を引き返した。

若頭格の男が丁寧に訊ねた。「また『ジャスミン』へ戻りますかい」

謙三にとっては宵の口の午後十一時だったが、孫娘が死ぬほど心配している筈だった。謙三は言った。「いや。今夜はもう、わしの家まで戻っておくんなさい」

14

もうすぐ夏休みが来ようとしていた。立川裕次郎は卒業後、しばらくぶらぶら遊んでいたようだったが、ある日叔父の畳屋の作業場で忙しそうに立ち働いている彼の姿を珠子は見た。バブルが崩壊したとやらでもはや地上げ屋の御用はなくなり、菊池組が解散間近であることを、珠子は宏から聞かされたりもした。

その日はひどく暑かった。珠子は荒川紀子と一緒に帰宅する途中だった。互いのクラブ活動を終えてからの待ちあわせをしたため、校門を出た時は他に生徒の姿がなく、国道に出るまでの樋《ひ》の上川《かみ》に沿った淋しい道を彼女たちはふたりだけで歩いていた。背後から近づいてくる黒塗りのベンツに、先に気がついたのは珠子だった。以前にも一度見た運転席の若い男を見て、珠子は叫んだ。

「紀子。逃げよう」

紀子の手を引いて駆け出そうとしたが、ふたりの前にまわり込んだベンツが進路をふさぎ、先に飛び降りていた三十歳くらいの筋肉質の男が娘たちの退路を絶った。

ベンツを降りてきた青年が訊ねた。「ゴダケンの孫娘というのは、どっちだ」

瞬時の間を置き、紀子が一歩進み出て大声で答えた。「わたしです」

珠子はほとんど驚愕《きょうがく》して叫んだ。「紀子。何言うの」

「馬鹿っ。ふたりとも連れて行くんだ」背後の男が叫びながら紀子を羽交い締めにした。「どっちかが警察に駆け込んだら、どうしようもないだろうが」

青年が前から珠子を抱きすくめた。もがいている気配の紀子が高くあげようとした悲鳴は、すぐに途切れた。男の手で気絶させられたようだ。

「暴れたり声を出したりすると当て身をくらわせる」青年が珠子をベンツの後部座席に連れ込みながら言った。「当て身ってのは、いやな気分のもんだぜ」

抵抗しても無駄だと思い、珠子はおとなしく車に乗った。気を失った紀子のからだが珠子の隣へ乱暴に投げ込まれた。筋肉質の男はさらに、道路に落ちていた娘たちの鞄を拾って投げ込み、自分も乗り込んできてふたりの間に尻を据えた。細身の青年が運転席に戻った。助手席にはもうひとりの男がいた。濃いサングラスの中年男だった。

「よう。ふたりとも美少女だな」笑った。

ベンツは国道に出て、町とは反対の方角に走り出した。

「一応、目隠しするか」

珠子はそこから、タオルらしいもので目隠しをされた。気絶している紀子はそのままのようだった。祖父の金を狙った誘拐だということはわかっていたが、珠子は祖父の不利になることを恐れて何も言わず、ただ身を固くしていた。

「カジ。手を出すんじゃねえぜ」サングラスが言った。

「おれより、篠が危ねえんだよ」と、珠子の隣の男が呻くような声で言った。

「組長が、手を出したら絞め殺すって言ってました」篠という青年が笑って言った。「何かするわけないでしょうが」

「ふたりとも、一人前の女だ。この頃の中学生、でかいなあ」サングラスが慨嘆するような声を出した。彼女たちへの性的興味を、この男こそがいちばん強く抱いているのかもしれなかった。

「こっちの娘が五代だ」カジがふたりの学生証を見てそう言った。

グランパが助けてくれる。珠子はそう確信していた。だから黙っていた方がいい。グランパがどんな手段で助けてくれるのか、まだわからないからだ。だが男たちも、それ以上は何も喋らず、話しかけてもこなかった。

紀子が呻いた。「誘拐《ゆうかい》。あんたたち誰。お姉さま」

「紀子。黙ってて」珠子はあわてて言った。「何も言わないで」

「ほう。『お姉さま』か」カジが呟く。「こいつらレズか」

車は国道を右へ折れた様子だった。目隠しされていない紀子にはあたりの様子が見えているのだろう。舗装されていない道路に入ったようで、しばらくは上り坂だった。鉄甲山《てっこうざん》へ登っているのだろうかと、珠子は思った。だが車はすぐに舗装された場所で大きくターンし、停車した。

「降りるんだ」と、カジが言った。

車からおろされ、カジに右腕を取られて珠子は歩き出した。

「さわらないで」と、紀子が叫んでいた。

「ああよしよし」サングラスの声だ。どこかをさわったに違いなかった。

「ここから階段だ。気をつけて」カジが珠子の腕をとる手に力を込めた。

鋼鉄の階段に男たち三人の靴が高い音を立てた。建物の外壁に沿った階段だ、と、珠子は判断した。建物の二階と思える部屋は冷えていて、鉄錆《てっさび》の臭いがした。珠子は目隠しを解かれた。ロフトのような、数脚の椅子以外には何もない部屋だった。窓から何台もの廃車が見え、彼方に鉄甲山が見えた。鉄甲山の麓《ふもと》にある廃車置場に違いなかった。一階が廃車置場の事務所でもあるのだろうか、部屋の隅に階段があり、篠が降りていった。珠子と紀子は背もたれだけの椅子に掛けさせられた。電話をかけている声が階下からかすかに聞こえてきた。

篠が階段をあがってきた。「組長、すぐそこまで来ているそうだ」

「縛《しば》っておこうかな」サングラスがにやにやしながら縛るものをさがしてあたりを見まわした。

「これでいいだろう」カジが棚からガムテープを取って、サングラスに渡す。

サングラスは珠子の手首と胸のあたりにテープを巻き、椅子にくくりつけてから、スカートの裾に手をかけようとした。彼の動きから眼を離さなかった紀子が、間髪《かんはつ》を入れず彼の腰を蹴飛ばした。サングラスが床へ横倒れにぶっ倒れた。

「お姉さまに何かしたら、承知しないから」

「何しやがる」サングラスが飛び起きるように立ち、平手で紀子の頬を張った。

「手を出すなったら」篠が悲鳴まじりに叫んだ。

サングラスは紀子をテープでぐるぐる巻きにした。

ほどなく車が到着した。外階段を登り、疋田が子分をひとりつれて部屋に入ってきた。彼は巨体を珠子たちの正面のソファに沈めて唸った。

「何度も電話したが、嫁さんが出るばかりで話にならねえ。ゴダケンがいねえんだ」

家には母しかいないのだろう、と、珠子は思った。

「ゴダケンの孫娘はどっちだ」

「そっちです」

カジが珠子を指すと、疋田は紀子に顔を向けた。「お嬢さん。あんた、五代の爺さんを知っとるかね」

紀子は答えをためらって珠子を見た。珠子が頷いたので、彼女は答えた。「知っています」

疋田はカジに問いかけた。「この娘に、ゴダケンを捜して貰うか」

「さあ。ここ出たらすぐ警察へ駈け込むんじゃないですかね」

「その心配はねえだろ」サングラスは笑って言った。「何しろ『お姉さま』の命がかかってるんだから」

「へえ。レズか」疋田は真顔で頷き、紀子に言った。「五代の爺さんを捜し出して、例の金をここへ持ってくるようにって、言ってくれるかい。警察だの、他の者に言ったら、あんたの大事な『お姉さま』の命がない」

「お金、ですか」

「そう言やわかる」

紀子はまた珠子の顔を窺った。

珠子は言った。「この人の言う通りにして頂戴。グランパは、商店街のどこかにいるんだと思うわ。お店屋さんの誰かに聞けば、居場所はすぐにわかるわ。もしどこにもいなかったら、家の前に立っていれば、夕方には必ず一度帰ってくるから」そろそろ陽が沈みかけていた。

「わかりました」紀子が決然と頷く。

「この娘、ここの場所を知っとるのか」疋田が、紀子のからだのテープをひっぺがしているカジに訊ねた。

「知っとるでしょう。来る道では目隠ししなかったし」

「じゃ、車で、攫《さら》った場所まで連れて行ってやれ」

　疋田がサングラスにそう言ったので、珠子は悲鳴をあげるように叫んだ。「その人はだめ」

「な、何ぬかしやがる」椅子に掛けていたサングラスが眼を見ひらき、憮然として中腰になった。

「何かしやがったな」疋田はサングラスを睨みつけてから、篠に言った。「じゃ、お前送ってやれ」

「へえ」

「紀子」と、行きかける後輩に珠子は呼びかけた。「わたしの鞄、お願いね」

彼女たちの鞄はまだ、ベンツの中だった。

紀子は頷いた。篠に連れられて部屋を出ようとする時、紀子は振り返り、可愛い赤い唇をありったけ開いて叫んだ。「お姉さまに何かしたら、承知しないんだから。そんなことしたらもう、絶対に、私の命にかけても、許さないんだからねっ。絶対にあんたたちを、こ、殺してやるんだから。殺して」

「わかった、わかった」疋田がさすがに笑い出して頷いた。「何もしねえから安心しな、お嬢さん」

紀子と篠が出ていってしばらくは、全員が無言だった。日が暮れはじめていた。疋田のつれてきた子分はまだ高校生の年齢で、顔が赤かった。彼は疋田の背後に立ったままで珠子を凝視していた。全員が珠子をじろじろと見つめていた。

「頭がよさそうだ」と、疋田が言った。「ゴダケンの捜し方をあの娘に教えたのは、爺さんを信頼しとるからだろう」

カジとサングラスが同意するように低く唸った。珠子には、三人が一筋縄でいかぬ祖父のことをひどく恐れているように思えた。

「マサ。弁当を買ってこい」疋田が子分に一万円札を渡した。

「五人分ですか」

「六人分だろうが。馬鹿」カジが吠えるように言った。「篠が戻ってくるじゃねえか」

「茶もだぞ」サングラスも怒鳴った。気の利かぬ若者のようだった。

マサが出ていき、車の発進音がした。今逃げれば、少くとも車で追われることはない、などと珠子は思ったが、思っただけだった。マサが戻ってきた。テープを解かれた珠子にも弁当が与えられたが食べなかった。篠が戻ってきた。

夜になった。珠子に聞かれることを用心してか、ギャングたちの口数は少かった。彼らはやたらに煙草をふかした。十時を過ぎ、「そろそろゴダケンがやってきてもいい頃だ」というので全員がしばらく緊張した。彼らは立て続けに煙草をふかした。だが十一時になり、十二時になると、彼らの表情は弛緩しはじめた。「ここで、ちょっと寝るからな」疋田がソファに横たわった。「お前らも交代で適当に寝ろ。ゴダケンが来たら起してくれ」

「へえ」カジが頷き、ふたたびテープで珠子の手足を椅子に巻いた。

サングラスとマサが、部屋の隅にダンボールを敷いて横になり、カジと篠が寝ずの番に立った。彼らは椅子を窓際に寄せ、ぎらぎらする猫のような眼で、窓越しに建物の前の道路を見張り続けた。珠子も寝なかった。緊張していたが、一方では興奮もし続けていたため、緊張の疲れで眠くなるということもなかった。夜が明けはじめた頃、疋田が眼を醒ました。サングラスとマサが、共にズボンの前を大きく膨らませて起きあがった。ふたりは珠子をじろじろと見続けた。疋田は、昨夜珠子が食べなかった弁当を、四、五分で平らげた。

朝になり、さらに時間が過ぎて午前八時頃になった。篠が「来た」と言い、車の近づく音がして、全員が窓際に身を寄せた。車は一台のようだった。

「絵美」と、疋田が窓から下を見おろして、悲鳴のように叫んだ。

「あの野郎」と、カジが言った。「絵美さんを攫《さら》ってきやがったな」

「娘さんですか」ぼんやりした声でマサが疋田に訊ねた。

「そうだよ。糞」

祖父が、孫を攫われた仕返しに、疋田の娘を攫って連れてきたのだ、と、珠子は判断した。それにしても、車を運転してきたのは誰だろう。祖父は運転できない筈だった。まさかタクシーである筈はない。

今度はサングラスが悲鳴をあげた。「機関銃持ってやがる。機関銃持ってやがる。三挺だ、いや、四挺だ」

「あれは自動小銃だ」篠が声を震わせた。

「気をつけろ。撃ってくるぞ」カジがそう叫ぶなり窓際を離れて珠子のいる奥の方へ走ってきた。

全員が窓際を離れるなり、猛烈な銃声が連続的に響いて、窓ガラスが次つぎに割れた。椅子に掛けたままの珠子が自力で身を伏せようとしていると、マサが走ってきて椅子ごと珠子を押し倒し、自分は彼女の上に覆い被さった。自動小銃の発射音は約十秒続いた。

サングラスが拳銃を出して窓際へ寄ろうとした。

「馬鹿。やめろ。撃つな」疋田が声を裏返して怒鳴った。

「おうい。疋田さんよ」謙三の、のんびりした声が聞こえてきた。「孫を返しておくれ」

疋田は窓から身を乗り出して叫んだ。「撃つな、撃つなあ」

「撃たねえよう」

珠子にのしかかっているマサの陰茎が勃起し、下腹部に押し当てられていることに珠子は気づいた。マサは珠子の顔を見つめながら眼を細め、うっとりとした表情になりはじめている。何かいやらしいものを出されたら大変だ。珠子はおぞけをふるって罵声をあげ、両足でマサの腹部を蹴飛ばした。

「きゃあ。馬鹿っ。やめて」

マサは仰向けに転がって「ふーん」という鼻声を洩らした。

「絵美を放せ」

「じゃ、孫を寄越しなさい」

「そっちへ行かせるから、絵美をこっちへ来させろ」

「わかった」

疋田は鼻息荒く珠子に近づくと、足のテープのみを剝がして彼女を立たせた。

「行かせてやるから、絵美には何もするな。いいな。手のテープだけはこのままにしておく」

うしろ手のまま疋田に背を押され、珠子はドアを出て階段に立った。廃車置場の中央の空き地には青い乗用車が停っていて、その前に着流し姿の祖父が、片手に自動小銃をぶら下げ、もう一方の手を女子高生と思える背の高い娘の腰にまわして立っていた。そのうしろに三人いた。いずれも大小の自動小銃を建物の二階に向けて構えていた。最も恰幅のいい男性は「ジャスミン」のマスター中藤慎一で、その両横に立っているのは珠子の先輩たち、徳永宏と立川裕次郎だった。

「降りといで」謙三が笑いながら珠子に言った。

「絵美を放せ。絵美を」珠子の背後で疋田が叫ぶ。

珠子が階段を降りはじめると、絵美も建物に向って歩き出した。彼女も縛《しば》られているらしく、手をうしろにまわしていた。途中、すれ違いざまに何かされることを警戒していた珠子は少し安心した。ギャングの娘だけあって絵美という娘は角張った顎を持つ気の強そうな顔をしていた。珠子は自分もあのおっかない顔をしてやろうかと思ったが、そんな余裕はなかった。ふたりは階段の下ですれ違った。１０センチ以上も背の高い絵美が、じろりと珠子を見下した。体当たりしてくるのでは、と、珠子は心配した。また銃撃戦が始まってはたまったものではない。だが絵美は小さく「ちっ」と舌を鳴らしただけだった。

カンカンカンカンカン、と、絵美が階段を駈けあがっていく靴音がしたので、珠子も祖父に向って走り出した。縛られていた足が少し縺《もつ》れた。祖父の胸に、珠子は倒れ込んだ。煙草の匂いのする胸だった。

謙三は建物の二階へ向け、のんびりした大声で呼ばわった。「おうい。疋田よう。こんなこと、もう二度となしにしてくれねえかよう」

疋田が窓から顔を出した。「やっぱり、武器を隠してやがったな」

「隠してたんじゃねえ。在処《ありか》を知っていただけだ。もとへ戻しておくが、この武器のことも、今後一切、忘れてくれねえかなあ」

疋田は無言で謙三を睨み続けた。

「わかったのかい」謙三が疋田に銃口を向けた。

疋田があわてて叫んだ。「わかった。わかったよ」かれは首を引っ込めた。

「もう一回、一斉射撃して脅しときましょうか」と、中藤慎一が言った。

「もういいだろう」謙三が言う。「あまり派手にやると、誰かに聞かれて警察に通報されちまう。早く帰ろう」

「サングラスの男が、拳銃を持ってる」と、珠子は言った。

「大丈夫、大丈夫」と、謙三が孫娘に頷きかけた。「わしが窓を狙っててやる」

「よし。皆、車に乗れ」慎一が言った。「お前らの武器は、トランクへ入れろ」

「おれ、この自動小銃、欲しいなあ」立川が名残り惜しそうに、手に持っている銃を撫でまわした。

「バッキャロ。そんなもん持ってるとこ、誰かに見つかってみろ。大変だろうが」中藤が怒鳴りつけて銃を奪い取り、トランクに投げ込んだ。

全員があたふたと車に乗った。中藤の車だったらしく、彼が運転して車は廃車置場を出た。ギャングの一味は撃ってこなかった。

「おれたちを降ろしたあと、武器をもとのところへ戻しに行ってくれ」と、謙三が中藤に言った。

「わかりました」

「気の強いやつだったよなあ」車が国道に出てから、助手席の立川が言った。絵美を誘拐した時のことを言っているようだった。「おれ、とっ捕まえる時、手を噛まれちまってさあ」彼は振り返って、手に巻いた血の滲《にじ》むハンカチを見せた。

「紀子は」後部座席で祖父と宏に挟まれている珠子が誰にともなく訊ねた。

「心配して駅で待ってる」宏が言った。「親に話してないので、学校へ行くふりをして家を出て、駅の改札口の近辺で待ってる」

謙三が溜息をついた。顔色が悪かった。

「グランパ。ありがとう」珠子はそう言って祖父の腕にしがみついた。

「うん」と、謙三はなま返事をする。

「ゴダケンさん。あいつらの報復が心配ですか」運転しながら中藤が訊ねた。

「あいつらはもう、何もしてこないさ」

「じゃ、何が心配なの」

孫娘の質問に、謙三は呻くような声で答えた。「気が重いよ。恵一や千恵子さんに、どう説明すりゃいいんだろうなあ」

15

夏休みになったばかりのその日、珠子は美術部の写生会に加わって鉄甲山へ行った。前日が台風だったというのに暑い日で、気分が悪くなった部員が二人出たため、写生会は午後の二時で散会となり、珠子が帰宅したのは三時過ぎだった。

家への角を曲がると、近所の主婦数人が開け放された門の前に立ち、中を覗き込みながら立ち話をしていた。彼女たちは珠子を見ると一瞬、立ちすくむ様子を見せた。ひとりが「ああ、珠子ちゃん」と言ったまま、辛そうに顔を伏せ、他の主婦たちも涙目になって顔を背けた。五代家の門が開け放されていることなど滅多にないので、珠子は胸の中に突然黒雲が湧き起ったような、いやな予感に襲われた。

「グランパっ」彼女はそう叫び、家に駈け込んだ。

玄関の間には中藤慎一がいて、土間に立つ商店街の店主ふたりに応対していた。自分を見る中藤の表情から、珠子は祖父の身に何かが起ったことを確信した。玄関からすぐの六畳の座敷へころがり込むように入ると、そこには父母がいて、宏がいて、紀子がいて、他にも何人か、謙三と親しかった近所の者がいた。彼らに見守られるように、床の間の前にのべられた布団に、祖父は横たわっていた。かすかに笑っているかに見える彼の顔色に、もう生気はなかった。

「珠子。おじいちゃんが」母がそう言って、手のタオルを顔に当てた。

祖父の胸の上へからだを投げ出すように倒れ込み、悲鳴をあげるような大声で泣きはじめた珠子に、長い間、誰もが無言だった。紀子が泣き出し、宏も泣きはじめた。珠子の声が嗚咽《おえつ》に変わると、父は娘の背中を撫でさすりながら話しはじめた。

「おじいちゃんは、樋の上川で溺れている女の子を助けようとしたんだ」

昨日の台風で、水かさが増していたのだった。午前十一時を少し過ぎた頃、その四歳の女の子は小学生の兄と一緒に土手で遊んでいるうち、足が滑って水に落ちた。兄の叫び声で、少し川下を散歩していた謙三は、女児が流されていく早さを見て、着物を脱ぎ捨てている暇はないと判断したのだろう、そのまま土手を駈け下りて川に飛び込んだ。追いつくことはできたものの、すでに気を失っている子供のからだを横抱きにして岸まで泳ぎつくのは、着物を着たままの謙三にとっては非常に困難だった。徒歩や自転車などで土手を通りかかった者数人はいずれも老齢者だったので岸から励ましの声をかけるばかりであり、水に入って謙三を助けようとは誰もしなかった。

やっと岸まで泳ぎつき、女の子のからだを人手に委ねると、謙三は力が尽きた様子でそのまま顔を水に沈め、流されて行った。二十分後川下で、消防団員の手によって謙三は岸に引きあげられたが、人工呼吸の甲斐もなく彼は死んだ。女の子は助けられてすぐ息を吹き返したが、謙三はそのことも知らぬままに死んで行ったのだった。

珠子は泣いて、泣いて、泣いた。その夜も目玉が溶けるのではないかと思うほど泣いたのだったが、町内の会館で行われた翌晩の通夜でも、その翌日の昼過ぎに行われた葬儀でも、飽きることなく泣き続けた。

七十歳を過ぎた市井の一老人の葬儀としては驚くほど多くの人が弔問にやってきた。謙三が死んだ日の夜遅くには、名古屋から祖母の操や鱒二叔父の一家がやってきたし、通夜には親戚のほとんどがやってきた。葬儀には驚いたことに木崎ともみが母親と一緒にやってきたし、篠原町子も、坂下文治も、阿古田カメラ店の主人も、徳永宏とその父親・徳永広宣社の正太郎も、城島鮮魚店の主人とその娘の城島千鳥も、「三吉寿司」の秀夫も、花園克美、椛島舞、京谷カンナの三人組も、立川裕次郎も、新藤家の主婦も、ピアニストの柳田さんも、菊池組組長の菊池剛蔵はじめ松永たち組員数人も、「ジャスミン」の中藤慎一も、溺れそうになった少女とその両親、その祖父母も、そして荒川紀子も、その他珠子の学校の教職員や学友、近所の老人や主婦、商店街の主人たちなど、多くの人たちがやってきた。中には立派な風采の会社社長とか粋《いき》筋の女性とか車椅子の青年とか有名な書家とかテレビでよく見かける料理評論家だとか、どういう知り合いなのかまったくわからない人たちもたくさんいた。

葬儀を終え、火葬場に往復し、親戚一同との会館食堂での食事を終え、自宅に戻った五代家の家族四人はその夜、以前のようにリビング・ルームでコーヒーを飲んだ。珠子の眼はまだ泣き腫らしたままで瞼は赤くふさがっていた。今までゆっくりと悲しみに浸る暇もなかった様子の恵一と千恵子は、疲労の色濃い表情で虚脱した状態だった。

「あの人の匂いがする」祖母の操が、開け放された謙三の部屋から漂ってくる匂いを嗅いでそう言った。

「わたし、グランパに何もしてあげられなかった」珠子はつぶやくような声で言った。そう言うとまた悲しみがこみあげてきて、涙が出てくるのだった。「グランパはわたしに、いっぱい、いっぱいいいことをしてくれたのに、わたしは何もしてあげられなかった」最後は声にならず、珠子は鼻をすすりあげた。あふれるように涙が出てきて、とめどがなかった。

「そんなことはない」恵一は、断固とした声で、強く言った。「珠子。お前がいたことでおじいちゃんは、どんなに慰められていたかわかりゃしないんだ」

「そうよ」千恵子も言った。「あんたがいるだけで、あんたがただそこにいるだけで、孫娘のあんたが生きているっていうだけで、おじいちゃんはどれだけ幸せだったか知れやしないよ。本当よ、それは」

「なら、もっとやさしくしてあげればよかった」父母の慰めの言葉が、珠子の悲しみを尚さらつのらせた。「お父さんもお母さんも、もっとグランパにやさしくしてあげたらよかったのよ」

「そう思うよ」恵一がハンカチを出して眼を拭った。「今になってそう思う。今になってあれは最高の親父だったなあって、そう思うよ」

操が、ずっと手にしたままの手拭いを顔に押し当て、大声で泣きはじめた。

「わたしだって、あの人を愛してたんだよ。もっとやさしくしてあげたかったよ。でも、愛してたから、傍にいるのが辛くって、辛くって。いつもあたしは心臓がどうにかなりそうだった。はらはらして、どきどきして、生きた心地がしなかったんだよ。とても傍にいられなかったんだよ。愛してたもんだから」

千恵子も泣きながら言った。「わかってます。お義母《かあ》さん。今はもう、よくわかります。お義母さんの気持」

「グランパは、死にたかったんだと思う」と珠子は言った。

大人たちが驚いて珠子を見た。

「何でだよ」

「だって、死に場所を捜してるみたいだったんだもの。やくざから殺すと脅されて、とても嬉しそうな顔をしてたこともあったわ。危険なことが平気だった。死ぬ気なら何でもできるって、徳永君に言ったこともあるし。自分にできることをやって、それで死んでも構わないと思ってたんだわ」

「うん。親父にはそういうとこ、あったな」恵一は頷いた。「いい死に方をしたいと思っているようなところが、確かにあった。でもな珠子、お父さんから見りゃあ、おじいちゃんがあんな無茶ばかりやったのは、何もかもお前のためだったんじゃないかという気がするんだ。おじいちゃんは、お前のためなら死んでもいいと思ってたんだ。お父さんはそう思うんだよ」

珠子はまた、大声で泣いた。家族全員が、いつか大声で泣いていた。

「珠子が、おじいちゃんのために今からできることはだな」恵一が言った。「幸せになることだ。おじいちゃんがそう願っていた通りにな。不幸せになることは、おじいちゃんを裏切ることになるんだぞ」

珠子は泣きながら、何度も大きく頷いていた。幸せにならなければ、と、思った。グランパを喜ばせるために。

「一本、筋の通った人生だったなあ」恵一が溜息まじりに、しんみりとそう言った。

16

祖母が家に戻ってきて、夫が寝起きしていた部屋でまた暮すようになり、五代家にも珠子にも以前の日常が戻った。それは謙三によってもたらされた以前よりも平穏な日常だった。学友たちはみな珠子を気遣ってくれ、近所の人たちも商店街の人たちも、みんな優しかった。

謙三の死によって、またあの疋田たちが、隠し金や武器の在処《ありか》を求めてやってくるのではないかと珠子は恐れたが、生前の祖父が彼らとの間にどのような楔《くさび》を打ち込んでおいたのか、彼らはやってこなかった。

珠子にはひとつの夢が生れた。会うたびに荒川紀子と語り合う将来の夢だ。いずれ大学を出たら、紀子と一緒に広告制作の会社を設立しようという計画である。それには徳永宏も協力してくれるだろう。そしてその夢の実現のためには、祖父謙三が残していってくれた、あの屋根裏の巨額の金が役に立ってくれる筈《はず》であった。

解説――筒井さんの〈お話シリーズ〉

久世光彦

この作品や「時をかける少女」の系列を、私はこっそり筒井さんの〈お話シリーズ〉と呼んでいる。このところ〈声に出して読みたい日本語〉というのが評判になっているようだが、よく言う美文・名文とはちょっと違った意味で、「わたしのグランパ」は〈声に出して読みたい小説〉なのだ。たとえば冒頭の《珠子が「囹圄《れいご》」という文字を見たのは八歳の時で、その時はまだ祖母が家にいた》の部分を声に出して読んでみる。楽な呼吸で、とても素直に読むことができる。句読点も、声にしたときの生理で打たれている。つまり、声に出してこそ、気持ちがいい文章になっているのだ。一葉の「たけくらべ」や鷗外の「うたかたの記」も、なるほど口にしたい欲望に駆られるが、いざ声に出して読んでみると、すぐに息切れしてしまうし、聴いていても辛くなってしまう。いいリズムはあるにしても、どちらかと言えば、目で〈見て〉美しい文章なのだ。このように一葉や鷗外の例は、読む当人が心地よく酔って満足できても、聴かされる方はやや迷惑というところがあるのに対して、筒井さんの〈お話シリーズ〉は、むしろ聴いている方が気持ちよく、幸福な気分になれる。

それにもう一つ、「わたしのグランパ」はどんな声で読まれても、ちゃんと聴く人の胸の中まで届くように書かれている。《祖父は出ていった。今度こそ本当に、グランマの気持がわかった》――これを、たとえばキョンキョンが読んだと想像する。なかなか、いい。岸田今日子さんならどうだろう。これも、ふんわり幸せで、いい。それなら九十翁の森繁さんにゆっくり読んでもらったら――悪戯っぽくて、色っぽくて、涙が出るかもしれない。本を開いて、目で読んだだけではわからないが、声に出した途端、「わたしのグランパ」がいきなりムクムクと身を起こし、ピョンと飛び上がって走り出す不思議に、私はびっくりしてしまう。——実は、これは大変な文章なのだ。

筒井さんは役者でもある。作家になる前から、つまりもともと役者だったらしい。チェーホフもやれば、三島由紀夫の「近代能楽集」のポスターにも名前が出ている。〈お話シリーズ〉の秘密はそこにあるのではないか——と私は考えた。筒井さんは、たぶん声にしながら書いているに違いない。けれどもそこまでなら、やっている人はいくらもいるだろう。ここにもう一つの秘密がある。筒井さんは声がやたらにいいのだ。筒井さんの持って生れた声は、低くて、艶があって、よく響く。ご本人は訓練を積んだからだとおっしゃるだろうが、あれはほとんど天賦《てんぷ》のものである。うらやましい。私にあの声をくれたら、そこら中の女を口説き落としてみせる。

だから筒井さんの〈お話シリーズ〉は耳に快く、胸に響くのだ。中野翠の言う〈顔文一致〉の例に倣《なら》えば、作家の声と作品の間にも、〈声文一致〉の法則が適用される。芥川はあの顔をしていたから、ああいった文章を書いた。林芙美子の文章は彼女の顔にそっくりだ。というのと同じように、声と文章もきっとどこかで有機的に関わっているのだろう。古山高麗雄さんの声を近くで聴いたとき、私はこの人の〈戦争小説〉が、はじめて腑に落ちた。野坂昭如さんだって、あの顔であの声だから、「エロ事師たち」であり「文壇」なのだ。《グランパはわたしに、いっぱい、いっぱいいいことをしてくれたのに、わたしは何もしてあげられなかった》——筒井さんは、ペンではなく、あの声で私を泣かせる。

あんまりいい声なので、筒井さんに〈声〉という役をお願いしたことがある。石屋の若妻の田中裕子が、小林薫の石工《いしく》と通じてしまうのだが、離れで寝ている病人の夫の〈声〉に縛られ、怯《おび》え、どうしても逃れられないという話だった。地底から這い上がってきて、どこまでも女を追いかける、不吉なくせに静かな

〈声〉は、筒井さんしかできないと思ったのである。ところが筒井さんは、台本を読んで、今回は遠慮したいとおっしゃる。私は不思議だった。筒井さんほど〈演劇〉に通じている人が、どうしてこの〈声〉の役を嫌がるのだろう。この〈声〉は神の声であり、悪魔の声でもあるのだ。私は、電話で粘り強く説得した。けれど、とにかく遠慮するの一点張りで、そのうち筒井さんは黙ってしまった。電話の向うで荒い息づかいが聴える。それほどまでにおっしゃるなら、あきらめます。でも理由だけは教えてください。私がそう言うと、しばらく間があって、電話の声は可愛く呟いた。――台詞が少ない。

なるほど台詞は少なかった。それも「響子ォー」という妻の名を呼ぶ台詞が、七、八回あるだけだ。それ以外の種類の台詞は一つもない。だいたいこの夫は、離れの障子越しに妻を呼ぶばかりで、姿をめったに現さない。筒井さんが画面に出るのは、嫉妬に駆られて田中裕子を熱と薬の匂いのする布団に引きずり込むシーンと、夜中に便所に起きて、その窓から熱に潤んだ目で、石工と妻が抱き合っている小屋を見つめるという場面だけだった。しかも、便所のシーンは後ろ姿だった。本当は、だからこそ〈声〉という役なのであり、だからこそいい役なのだ。——私は半分あきらめながら、もう一粘りしてみた。もしこのドラマをハリウッドで撮るとしたら、〈声〉の役は、マーロン・ブランドか、ロバート・デ・ニーロでしょう。筒井さんは黙った。三十秒もあっただろうか。電話から色気に満ちた、とてもいい〈声〉が返ってきた。——やります。

筒井さんは、日に日にいい役者になっていく。それにつれて、筒井さんの〈お話シリーズ〉も、素敵な〈芸〉になっていくことだろう。

（演出家）

ＤＴＰ制作　エヴリ・シンク

初　出　「オール讀物」１９９９年４月号
単行本　１９９９年８月　文藝春秋刊
本書は、２００２年６月刊行の
文春文庫の新装版です。

文春文庫

わたしのグランパ

定価はカバーに
表示してあります

2018年10月10日　新装版第1刷

著　者　筒《つつ》井《い》康《やす》隆《たか》
発行者　花田朋子
発行所　株式会社 文藝春秋

東京都千代田区紀尾井町3-23　〒102-8008
TEL 03・3265・1211㈹
文藝春秋ホームページ　http://www.bunshun.co.jp

落丁、乱丁本は、お手数ですが小社製作部宛お送り下さい。送料小社負担でお取替致します。

印刷製本・凸版印刷

Printed in Japan
ISBN978-4-16-791159-1

（　）内は解説者。品切の節はご容赦下さい。

高杉　良
烈風
小説通商産業省
「局長を罷めさせろ」と書かれた怪文書を契機に官僚、永田町、財界、マスコミを巻き込んだ権力闘争が勃発した。かつて通産省で起こった「四人組」事件を基にした経済小説の傑作。（山内昌之）
た-72-3

橘　玲《あきら》
亜玖夢《あくむ》博士の経済入門
己の学識で悩める衆生の救済を志す亜玖夢博士。多重債務もいじめもすべて経済学で解決できるというが!?　爆笑の一話一理論でノーベル賞級経済理論が身につきます。（吉本佳生）
た-77-1

橘　玲
亜玖夢博士のマインドサイエンス入門
ひきこもりもパワハラも詐欺も、依頼人の悩みはすべて脳で解決!?　経済に続き今度は、脳科学の最新トピックが学べる、ブラックユーモア小説第二弾。（茂木健一郎）
た-77-2

筒井康隆
壊れかた指南
猫が、タヌキが、妻が、編集者が壊れ続ける！　ラストが絶対読めない、天才作家の悪魔的なストーリーテリングが堪能できる短篇集。（福田和也）
つ-1-15

筒井康隆
巨船ベラス・レトラス
人気作家を狙った爆弾テロが勃発！　虚実の境界を自在に行き来しながら、現代の文学を取り巻く状況を痛烈に風刺。『大いなる助走』から三十年、再び文壇が震撼する。（市川真人）
つ-1-16

辻原　登
闇の奥
太平洋戦争末期に北ボルネオで姿を消した民族学者、三上隆。彼の生存を信じる捜索隊は、ジャングルの奥地で妖しい世界に迷い込む――。小人伝説をめぐる冒険ロマン。（鴻巣友季子）
つ-8-8

辻　仁成
永遠者
19世紀末パリ、若き日本人外交官コウヤは踊り子カミーユと激しい恋に落ちる。〈儀式〉を経て永遠の命を手にいれた二人は激動の歴史の渦に呑み込まれていく。渾身の長篇。（野崎　歓）
つ-12-7

（　）内は解説者。品切の節はご容赦下さい。

辻村深月
水底フェスタ
彼女は復讐のために村に帰って来た――過疎の村に帰郷した女優・由貴美。彼女との恋に溺れた少年は彼女の企みに引きずり込まれる。待ち受ける破滅を予感しながら……。（千街晶之）
つ-18-2

辻村深月
鍵のない夢を見る
どこにでもある町に住む女たち――盗癖のある母を持つ娘、婚期を逃した女の焦り、育児に悩む若い母親……私たちの心にさしこむ影と、ひと筋の希望の光を描く短編集。直木賞受賞作。
つ-18-3

津原泰水
たまさか人形堂それから
マーカーの汚れがついたリカちゃん人形はもとに戻る？　髪が伸びる市松人形？　盲目のコレクターが持ち込んだ人形の真贋は？　人形と人間の不思議を円熟の筆で描くシリーズ第二弾。
つ-19-2

中島らも
永遠《とわ》も半《なか》ばを過ぎて
ユーレイが小説を書いた？　三流詐欺師が写植技師と組み出版社に持ち込んだ謎の原稿。名作の誕生だ。これが文壇の大事件となって……。輪舞する喜劇。痛快らもワールド！　（山内圭哉）
な-35-1

中島京子
小さいおうち
昭和初期の東京、女中タキは美しい奥様を心から慕う。戦争の影が濃くなる中での家庭の風景や人々の心情。回想録に秘めた思いと意外な結末が胸を衝く、直木賞受賞作。（対談・船曳由美）
な-68-1

中島京子
のろのろ歩け
台北、北京、上海。ふとした縁で航空券を手にし、忘れられぬ旅の光景を心に刻みこまれる三人の女たち。人生のターニングポイントにたつ彼女らをユーモア溢れる筆致で描く。（酒井充子）
な-68-2

七月隆文
天使は奇跡を希《こいねが》う
良史の通う今治の高校にある日、本物の天使が転校してきた。正体を知った彼は幼馴染たちと彼女を天国へかえそうとするが。天使の嘘を知った時、真実の物語が始まる。文庫オリジナル。
な-75-1

（　）内は解説者。品切の節はご容赦下さい。

桜庭一樹
私の男
落魄した貴族のようにどこか優雅な淳悟は、孤児となった花を引き取る。内なる空虚を抱えて、愛に飢えた親子が超えた禁忌を圧倒的な筆力で描く第138回直木賞受賞作。（北上次郎）
さ-50-1

桜庭一樹
ブルースカイ
「大人」と「子ども」のみ存在する中世ドイツ、「少女」が絶滅した近未来のシンガポール、そして現代日本。彼女がそこで見たもの。青空と箱庭、少女についての物語。（佐々木　敦）
さ-50-5

桜庭一樹
このたびはとんだことで
桜庭一樹奇譚集
読書クラブに在籍する高校生が悩む日常ミステリー。大学生の恋愛の始まりと終わりを描いた青春小説――。ジャンルを横断する六つの短篇に桜庭一樹のエッセンスが凝縮！（杉江松恋）
さ-50-7

桜庭一樹
荒野《こうや》
蜉蝣のような恋愛小説家の父と暮らす少女・荒野の家に、新しい家族がやってきた。〝恋〟とは、〝好き〟とは？　多感な季節を描く少女成長小説、全三巻の合本・新装版。（吉田伸子）
さ-50-8

笹生陽子
空色バトン
ある日突然おかんが死んだ。現役男子高校生のオレに通夜の席に現れたおばさん三人組が渡したのは25年前の漫画同人誌だった。世代を超えて繋がるバトンは青春を運ぶ！（橋本　紡）
さ-61-1

篠田節子
はぐれ猿は熱帯雨林の夢を見るか
レアメタル入りのウナギ、蘇った縄文時代の寄生虫、高性能サル型ロボット…。科学技術に翻弄される人間たちは、この世界を生き延びられるのか!?　迫力の傑作中編集。（大倉貴之）
し-32-11

柴田よしき
小袖日記
不倫に破れて自暴自棄になっていたあたしは、平安時代にタイムスリップ！　女官・小袖として『源氏物語』執筆中の香子さまの片腕として働き、平安の世を取材して歩くことに。（堺　三保）
し-34-9

（　）内は解説者。品切の節はご容赦下さい。

その日のまえに
重松　清

僕たちは「その日」に向かって生きてきた――。死にゆく妻を静かに見送る父と子らを中心に、それぞれのなかにある生と死、そして日常のなかにある幸せの意味を見つめる連作短篇集。

し-38-7

小学五年生
重松　清

人生で大切なものは、みんな、この季節にあった。まだ「おとな」でないけれど、もう「こども」でもない微妙な年頃を、移りゆく四季を背景に描いた笑顔と涙の少年物語、全十七篇。

し-38-8

きみ去りしのち
重松　清

幼い息子を喪った父。〈その日〉をまえにした母に寄り添う少女。この世の彼岸の圧倒的な風景に向き合いながら、ふたりの巡礼の旅はつづく。鎮魂と再生への祈りを込めた長編小説。

し-38-13

また次の春へ
重松　清

同じ高校に合格したのに、浜で行方不明になった幼馴染み。彼の部屋を片付けられないお母さん。突然の喪失を前に、迷いながら、泣きながら、一歩を踏みだす、鎮魂と祈りの七篇。

し-38-14

都市伝説セピア
朱川湊人《みなと》

〝都市伝説〟に憑かれ、自らその主役になろうとする男の狂気を描く「フクロウ男」、親友を事故で失った少年が時間を巻き戻そうとする「昨日公園」などを収録したデビュー作。（石田衣良）

し-43-1

花まんま
朱川湊人

幼い妹が突然誰かの生まれ変わりと言い出す表題作の他、昭和三、四十年代の大阪の下町を舞台に不思議な出来事をノスタルジックな空気感で情感豊かに描いた直木賞受賞作。（重松　清）

し-43-2

いっぺんさん
朱川湊人

一度だけ何でも願いを叶えてくれる神様を探しに行った少年たちのその後の顛末を描いた表題作「いっぺんさん」他、懐かしさと恐怖が融合した小さな奇跡を集めた短篇集。（金原瑞人）

し-43-4

（　）内は解説者。品切の節はご容赦下さい。

朱川湊人
あした咲く蕾
端麗な容姿から想像もつかないガサツな叔母の意外な秘密を描く表題作など、短編の名手が、昭和の東京下町を舞台に紡ぐ「赦し」と「再生」の7つのうつくしい物語。（宇江佐真理）
し-43-5

朱川湊人
サクラ秘密基地
仲良し四人組の少年が作った秘密基地の思い出が涙を誘う表題作ほか、〈写真〉をキーワードに、甘い郷愁と残酷な記憶が織りなす、哀切に満ちた六篇。（メッセンジャー・黒田有）
し-43-6

新野剛志
あぽやん
遠藤慶太は29歳。旅行会社の本社から成田空港所に「飛ばされて」きた。返り咲きを誓う遠藤だが、仕事に奮闘するうちに空港勤務のエキスパート「あぽやん」へと成長していく。（北上次郎）
し-45-2

新野剛志
恋する空港
あぽやん2
大航ツーリストの空港所勤務二年目の遠藤は、新人教育やテロリスト騒動に今日も右往左往。更に空港所閉鎖の噂が浮上する中、恋のライバル登場でまさに大ピンチ!?（池井戸　潤）
し-45-3

白石一文
どれくらいの愛情
結婚を目前に最愛の女性・晶に裏切られた正平は、苦しみの中、家業に打ち込み成功を収めていた。そんな彼に晶から電話が。再会した男と女。明らかにされる別離の理由。
し-48-1

白石一文
永遠のとなり
妻子と別れて故郷博多に戻った精一郎。癌に冒されながら結婚と離婚を繰り返す敦。小学校以来の親友同士、やるせない人生を助けあいながら生きていく二人の姿を描く感動の再生物語。
し-48-2

白石一文
幻影の星
見つかるはずのない場所で見つかった「僕のコート」の謎を追う武夫は、やがてこの世界の秘密に触れる。3・11後の白石文学の新境地を示す、時間と生命の物語。（榎本正樹）
し-48-3

（　）内は解説者。品切の節はご容赦下さい。

文春文庫　エンタテインメント

小路幸也
キサトア
色が判らない少年芸術家のアーチ、一日の真逆の時間に寝起きする双子の妹キサとトア。父の仕事が原因で一家は少し困ったことに……。風変わりな一家と町の人々の一年を描く。

し-52-2

小路幸也
蜂蜜秘密
〈奇跡の蜂蜜〉を作るポロウ村にレオが転校してきた。蜂蜜の秘密に関わる旧家の娘サリーは、それから次々と不思議な出来事に出会う。美しい山間の村を舞台に描く傑作ファンタジー。

し-52-3

小路幸也
そこへ届くのは僕たちの声
多発する奇妙な誘拐事件と、不思議な能力を持つ者がいるという噂。謎を追ううちにいきついた存在「ハヤブサ」とはいったいなんなのか。優しき心をもつ子供たちを描く感動ファンタジー。

し-52-4

瀬尾まいこ
強運の持ち主
元ＯＬが〝ルイーズ吉田〟という名の占い師に転身！　ショッピングセンターの片隅で、小学生から大人まで、悩める背中をちょっとだけ押してくれる。ほっこり気分になる連作短篇。

せ-8-1

瀬尾まいこ
戸村飯店　青春１００連発
大阪下町の中華料理店で育った兄弟は見た目も違えば性格も全く違う。人生の岐路にたつ二人が東京と大阪で自分を見つめ直す。温かな笑いに満ちた坪田譲治文学賞受賞の傑作青春小説。

せ-8-2

高野和明
幽霊人命救助隊
神様から天国行きを条件に、自殺志願者百人の命を救えと命令された男女四人の幽霊たち。地上に戻った彼らが繰り広げる怒濤の救助作戦。タイムリミット迄あと四十九日——。（養老孟司）
た-65-1

高杉　良
炎の経営者
戦時中の大阪で町工場を興し、財界重鎮を口説き、旧満鉄技術者をスカウトするなど、持ち前の大胆さと粘り腰で世界的な石油化学工業会社を築いた伝説の経営者を描く実名経済小説。

た-72-1